KB038427

이사라

꿈과 희망이 가득한 〈WONDERLAND〉를 그리는 화가 이사라, 홍익대학교에서 박사 학위를 받은 작가는 지금까지 30여 회의 개인전을 비롯하여 Art Miami, Art Taipei, KIAF 등 국내외 유명 아트페어에 활발하게 참여하였습니다. 그의 작품은 국립현대미술관 아트 뱅크, 모란 미술관, 서호 미술관 등 다수의 미술관과 기업, 수많은 개인 콜렉터에 소장되어 있습니다. 세상에서 가장 예쁜 그림을 그리고 싶다는 이사라 화가는 현재 활발한 작품 활동과 더불어 대학에서 후학을 양성하고 있습니다.

What Happened in the Wonderland

Contents

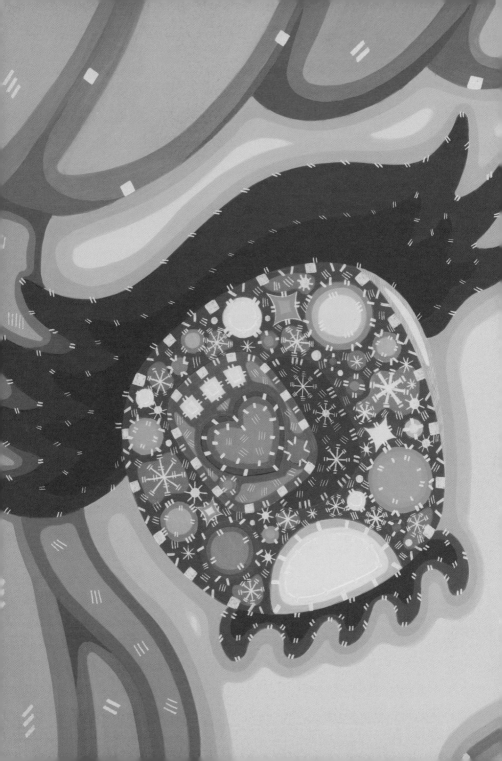

What's Happening to SARA?

1. 도대체 무슨 일이 일어나고 있는 거야?

'……어디에 있을까?'

새벽 3시. 마카롱을 오물거리다 말고 생각해 보았다.

오늘도 분주한 하루였다.

아침 9시부터 시작된 6시간 동안의 마라톤 강의. 뒤이어 촘촘하게 잡혀 있는 다섯 번의 미팅 탓에 식사는 이동 중 오트밀쿠키와 바닐라라떼로 대신했다. 일정을 마치니 시간은 자정을 향해가고 있었다.

터벅터벅. 녹초가 된 몸을 이끌고 집으로 돌아왔다. 하지만 쉽게 몸을 누일 수 없었다.

"힘내자 사라야. 해내야지."

마치 심판의 날처럼. 나를 기다리고 있는 빼곡한 전시 일정을 떠올리며 다시 캔버스 앞에 앉았다. 세수조차 하지 못해 피부에 미안했지만 어쩔 수 없었다. 그렇게 몇 시간째 그림을 그리다 보니 새벽 3시가 돼버렸다. 마음 같아선 내일 하루쯤 작업실에 틀어박혀 그림만 그리고 싶지만. 내일 일정도 별반 다르지 않다. 수많은 전시 준비에 대학 강의, 비즈니스 미팅까지. 뭐 하나 미룰 수 있는 게 없다. 그저 할 수 있는 일이라곤 새벽에 집을 나서 그림 그리는 시간을 좀 더 확보하는 것 정도다.

그런데 어쩌지? ……이미 시간은 새벽이었다.

"또, 마카롱 먹는 거야?"

사람들은 나보고 마카롱 중독자 아니냐고 했다. 실제로 밥 대신 달디 단 마카롱을 입에 달고 살았으니까, 딱히 틀린 말도 아니었다. 하지만 달콤하고 말캉한 이 아이를 입에 넣으면 없던 힘도 되살아나며 에너지가 솟구쳤다(잠이 부족한 수험생이 먹는 각성제와 비슷한 원리다). 마카롱뿐만 아니라 바닐라라떼, 오트밀쿠키도 내 에너지를 충전시켜 주는 비타민이었다.

그렇게 좋아하는 마카롱이었건만, 지금은 이상하게도 뒷맛이 씁쓸하다.

새벽이라서 그런가?

아무튼 평소와 다르게 뒷맛이 씁쓸하고 머리는 복잡했다.

'……도대체 어디에 있는 걸까?'

지금의 나 말고, 그때의 나.

마카롱을 오물거리며 다시 한번 곰곰이 생각해 보았다.

밥 한 끼 편하게 먹지 못하고 하루 종일 발을 동동 구르며 뛰어다녀야만 하는 지금의 나 말고, 그때의 나. 집으로 돌아와도 몸을 누이지 못하고 새벽까지 그림을 그리며 또 내일 일정을 걱정해야 하는 지금의 나 말고, 그때의 나.

'그때 나는 사람들과 어울리며 말하는 걸 좋아했었는데…….'

초등학생 때. 조잘조잘 떠들며 사람들 앞에 나서는 걸 좋아해 1반부터 13반까지 순회공연하듯 돌며 동시를 낭송했었다.

그때 나는. 꿈도 많고 하고 싶은 것도 많았다. 그림 그리는 것도 좋아했고, 피아노를 치거나 플루트를 연주하는 것도 좋아했다. 예쁜 옷을 입고 춤추고 노래하는 것도 좋아했고, 다른 사람한테 관심을 받는 것도 좋아했다. 지금은 이름도 기억나지 않지만, 얼굴이 동그랗던 남자 아이한테 손편지로 쓴 러브레터를 받았을 땐 공주가 된 기분이었다.

아, 참! 진짜 공주도 된 적도 있었다.

중학교 땐가. 축제 때 각 반마다 가장행렬을 하는데 우리 반은 백설 공주를 맡았다. 반 아이들이 백설 공주를 뽑는 투표에서 내가 1등으로 뽑힌 것이었다. 그때 나는. 진짜 백설 공주라도 된 것마냥 기뻐했었다. 그렇게 나는 학창시절 밝고, 행복하게, 나름 학교에서 인기 많은 여학생으로 지내왔다.

어느 날 한 친구가 내게 말했다. 체육부장을 하던 여자아이였다.

"사라 너 있잖아. 지난번 생물시간에 배운 아메바 같아."

"왜에? 왜 내가 아메반데?"

"그냥, 그래 보여. 아메바처럼 너무 단순하니까."

그랬다. 그 친구 말처럼 난 단순했다.

이유는 없었다. 그냥 모든 게 좋았고, 모든 게 하고 싶었고, 뭐든 되고 싶었다. 그때의 나는 정말 그랬다.

그런데 언제부터인가. 어른이 되고, 감사하게도 작가로 사람들이 점점 더 많이 인정해주면서 진짜 아메바를 닮아가고 있었다. 아메바가 실제로 어떻게 사는지는 모르지만, 단세포 생물 아메바처럼 내 인생은 극도로 심플해졌다.

생각도, 행동도, 말도, 먹는 것도, 잠자는 것도. 단순 또 단순.

'지난 일은 지났으니 됐고, 다음 일은 다음에 생각하자.'

매일 반복되는 수많은 일정을 소화하기 위해 어쩌면 자연스레 아메바처럼 퇴화한 것일지도 모를 일이었다. 그게 하루 이틀이면 좀 나았을 텐데. 그런 삶은 대학원을 졸업하며 첫 개인전을 연이후 지금까지 계속되었다. 그림 그리고, 전시 준비하고, 제자들 가르치고, 다양한 비즈니스 미팅하고, 업무 처리하고. 또 그림 그리고, 전시 준비하고, 제자들 가르치고, 새로운 비즈니스 미팅하고, 업무 처리하고…….

새벽 3시. 오늘따라 유독 씁쓸한 마카롱을 우걱우걱 입속으로 밀어 넣으며, 이젠 아득하기만 한 그 시간을 생각하고 또 생각하고 있었다.

그러다 불현듯. 나도 모르게 중얼거리듯 내뱉고 말았다.

"이건, 절대 아니야."

그리고 결심했다.

내 작가 인생의 모멘텀이 될 가장 크고 중요한 전시를 열기로.
아무리 바쁘고 피곤해도. 아니 바쁘고 피곤하니까 더더욱. 그 전시를
열어야 했다. 첫 개인전 이후 한 번도 멈추지 않고 달려온 시간이었
지만. 그래서 더더욱 내 인생의 모멘텀이 될 전시를 열어야 했다. 그
게 지금의 나 말고, 그때의 나를 찾는 유일한 방법이라 생각했다.
사실 어처구니없는 일이었다. 너무 바빠 맘껏 그림 그릴 시간조차
없는데, 또다시 크고 중요한 전시를 열겠다니. 얼마나 아둔한 짓
인지 모르는 바 아니지만, 내가 왜 그림을 그리고 있는지 이유를
말하고 싶었다.

내가. 그림을. 그리는. 진짜. 이유.

그렇지 않고서는. 지금의 나도 그때의 나도 의미를 찾을 수 없을

것 같았다. 바보 같은 선택이라고 비난해도 도리는 없었다. 너는 인생을 분 단위로 산다고, 남들이 며칠 동안 할 일을 매일매일 하며 사는 것 같다고, 어쩌면 지금은 그냥 좀 쉬는 게 낫지 않겠냐고 한 지인의 말이 맞는지도 몰랐다.

하지만 방법은 이것뿐이었다. 난 어쩔 수 없는 그림쟁이니까. 날 증명할 수 있는 건 그림뿐이라 생각했다.

이건 생각이라기보단…, 운명적 예감이었다.

언제부턴가 매년 연말이 되면 나는 남들과는 다른 계획을 세우곤 했다. 내년엔 올해보다 덜 열심히 살아야지. 다짐하곤 했다. 그러나 그날 이후. 난 인생에서 가장 바쁜 시간을 보냈다. 이미 차고 넘치게 잡혀 있는 일정은 여전했지만, 어떻게든 시간을 내서 그리기를 반복했다. 정말 이래도 되나 싶을 정도로 그리고 또 그렸다. 그러면서 점점…. 완전한 아메바로, 완전한 일개미로 변신해 가고 있었다.

그러던 어느 날. 전시 오픈을 며칠 앞둔 밤이었다.

시간은 자정을 지나 새벽을 향하고 있었지만, 난 한 땀 한 땀 혼을 새겨 놓듯 소녀의 눈에 생명을 불어넣으며 마지막 원더랜드 작품을 마무리하고 있었다.

하지만 그때까지는 미처 알지 못했다.

진짜 나한테 그런 일이 벌어질지는.

14

시간은 자정을 지나 새벽을 향하고 있었지만, 난 한 땀 한 땀 혼을 새겨 놓듯

소녀의 눈에 생명을 불어넣으며 마지막 원더랜드 작품을 마무리 하고 있었다.

Wonderland, 150x300cm, acrylic on wood, 2022

불과 한 시간 전까지만 해도 내 작업실은 평화로웠다.

며칠 동안 제대로 잠을 자지 못해 비몽사몽인 건 여전했지만 마카롱, 바닐라라떼, 오트밀쿠기 달달이 3종 세트의 힘을 빌려 초인적인 힘을 발휘하고 있었다. 하지만 중력의 힘은 그리 만만한 것이 아니었다. 나도 어쩔 수 없는 인간인지라, 자꾸만 감기는 눈꺼풀의 무게를 도저히 감당할 수 없었다.

"잠깐쯤은 괜찮겠지. 마지막 제일 커다란 작품 하나만 남았으니까."

나는 스스로를 위로하며 소파에 몸을 누였다. 달달이 친구들과 더불어 또 다른 나의 활력충전제인 음악. 그중 최애하는 〈Daft Punk〉의 'Get Lucky' 노래를 크게 틀어놓은 채였다. 난 평소처럼 침대에 눕자마자 5초 만에 잠이 들고 말았다. 머리를 땅에 대자마자 잠드는 것. 이 역시 아메바로 퇴화한 결과였다. 작업실 한켠에 있는 커다란 스피커에서 흘러나오는 음악 소리가 고막을 때렸지만 꿈결처럼 달콤하게만 들렸다. 그러니까, 그때까지는 아무 문제 없이 평화로웠다는 말이다.

"어떡하지? 어떡해."

문제는 한 시간 뒤. 왠지 귀에 익은 소녀의 목소리를 듣고 부스스 눈을 뜨면서 발생했다.

"무, 무슨 소리지?"

처음엔 목소리의 정체가 무엇인지 궁금했다. 하지만 곧바로 목소리의 정체 따윈 안중에도 없어졌다. 눈앞에 펼쳐진 믿을 수 없는 광경 때문이었다.

"…이, 이게 어떻게 된 일이야?"

보고도 믿기지 않았다. 일생일대의 전시를 위해 죽을힘을 다해 그리고 또 그렸던 작품들. 투혼을 불사르며 작업 중이던 마지막 작품은 물론이고, 이전에 완성했던 작품까지 몽땅 사라져 버렸다. 마치 아무것도 그려놓지 않은 순백의 캔버스처럼. 캔버스가 온통 하얗게 변해버린 것이다.

"…꿈, 꿈일 거야. 그래 꿈일 거야. 사라야, 이건 꿈이야."

중얼거려보았지만, 꿈이 아니었다. 붉은색으로 달력에 표시해 놓은 전시 오픈 일이 명백한 현실임을 증명하고 있었다. 온통 순백으로 변해버린 캔버스 역시 엄연한 현실이었고.

"호옥시…?"

하는 마음에 캔버스를 들어 뒤집어보았다. 당연히 아무것도 없었다. 캠퍼스 뒷면도 앞면과 마찬가지로 아무것도 그려놓지 않은 순백의 캔버스 그대로였다.

"어떡하지? 어떡해. 이건 정말이지 너무 심각한 상황이야."

발을 동동 굴러보지만 도와줄 사람은 없었다. 당연히 내 말을 들어 줄 사람도 없었고.

그때, 다시 한번 귀에 익은 목소리가 들려왔다.

"어떡하지? 어떡해. 이건 정말이지 너무 심각한 상황이야."

귀에 익은 목소리가 누구인지 기억나지 않았다. 하지만 'Get Lucky' 음악이 흘러나오는 스피커의 끝자락에 분명 어린 소녀의 목소리 가 묻어 있었다. 그것도 내가 방금 전 한 말과 토씨 하나 다르지 않은 워딩으로.

난 소리의 진원지인 스피커에 가만히 귀를 대보았다.

그런데 이게 웬일일까? 별안간 파바박, 거리는 스파크 소리와 함께 스피커에서 영롱한 불빛이 새어 나왔다.

"…뭐, 뭐지?"

불빛과 함께 소녀 형상의 실루엣이 서서히 모습을 드러냈다. 난 깜짝 놀라 뒤로 물러났다. 하지만 물러설 수 있는 상황이 아니었 기에 이내 고개를 갸웃거리며 슬금슬금 스피커 앞으로 다가갔다.

"도대체 무슨 일이 벌어지고 있는 거야?"

그리고 마법에 이끌리듯 내 어깨높이쯤 되는 소녀 형상의 실루엣 을 향해 손을 뻗었다.

결과적으로 그건 실수였다. 소녀 형상의 실루엣에 내 손이 닿는 순간 까무룩 정신을 잃고 쓰러지고 말았으니까.

불빛과 함께 소녀 형상의 실루엣이

서서히 모습을 드러냈다.

Wonderland, 95x95cm, acrylic on wood, 2023

"사라야, 침착하자."

두 눈을 지그시 감고 검지손가락으로 눈가를 꾹꾹 눌렀다.

"……휴우."

심호흡을 크게 하고 다시 한번 주위를 둘러보았다. 달라진 건 없었다. 소녀의 실루엣에 손이 닿으며 정신을 잃기 전과 마찬가지였다. 마지막 작업 중이던 캔버스도. 작업실 벽면에 빼곡히 세워놓은 캔버스도. 모두 백지 상태 그대로였다. 대신 캔버스 안에 있어야 할 소녀가 내 앞에 떡하니 서 있었다.

"맞아요. 침착해야 해요."

심지어 이렇게 말까지 하면서.

난 눈을 가늘게 뜨며 소녀를 향해 의심의 눈길을 보냈다.

"다시 한번 물을게. 그러니까, 네 말은 원더랜드가 엉망진창이 되고 있단 말이지?"

"네. 그렇다니까요."

"그러니까, 그러니까. 네 말은 그 원더랜드란 게 내가 창조한 세상이라는 거고? 그래서 원더랜드를 창조한 내가 엉망진창이 된 원더랜드를 원상태로 만들어야 한다는 말이지?"

"네. 그래요."

"그래, 좋아. 그럼 딱 한 번만 다시 물을게. 그러니까 네 말은 내가 그린 원더랜드가 실제로 존재한다는 거네?"

난 도무지 믿을 수 없어 재차, 재차, 재차 되물었다. 하지만 소녀는 대답 대신 고개만 끄덕일 뿐이었다.

"그럴 리가 없잖아. 원더랜드는 내가 그린 상상의 세계일 뿐인데 진짜로 존재한다는 게 말이나 돼?"

갑자기, 소녀가 눈을 가늘게 뜨며 의심의 눈길을 보냈다. 조금 전 나와 똑같은 눈매였다.

"전 말이에요. 분명히 기억하거든요. 쌤이 했던 말."

"…내, 내가 한 말? 내가 뭐라고 했는데?"

"원더랜드는 사랑과 행복, 호기심이 가득한 상상의 세계라면서요?"

"그건 맞는 말이야. 원더랜드는 내 마음속에 있는 사랑과 행복, 꿈과 사랑을 그린 상상의 세계니까. 근데 그게 어쨌다는 거지?"

"아하, 쌤은 모르셨구나. 꿈꾸고 사랑하는 척 흉내만 내는 가짜 상상 말구요. 진짜로, 진짜로 꿈을 꾸고 진심으로 사랑을 믿는 사람이 상상하면 실제로 존재하게 돼요."

"어엉? 뭐라고? 진짜로 꿈을 꾸고 진심으로 사랑을 믿는 사람이 상상하면 실제로 존재하게 된다구?"

"네, 바로 쌤 같은 사람이요. 그런 사람의 상상엔 힘이 있거든요.

상상을 실제로 만들 힘이요. 그래서 말이에요. 비록 다른 차원이지만, 상상했던 세계가 실제로 존재하게 되는 거예요. 그 공간을 4차원의 세계라고 불러요."

…하아. 뒤통수를 한 대 맞은 기분이었다.

소녀의 말처럼 원더랜드는 사랑과 행복, 호기심이 가득한 상상의 세계가 맞다. 내가 원더랜드를 그리면서 항상 생각하던 것이었으니까. 하지만 솔직히 믿지 않았다. 그저 사람들이 꿈을 잃지 않길 바라는 마음뿐이었고. 원더랜드를 보는 동안만이라도 바쁜 일상을 잊고 행복해지길 바랄 뿐이었다. 그런데. 소녀는 지금 내가 그린 꿈과 사랑이 가득한 상상의 공간 원더랜드가 4차원의 세계에 실제로 존재한다고 강력히 주장하는 중이었다.

머리로는 이해가 되지만, 마음이 이해되지 않는 상황. 그게 또 얼굴에 드러났는지 소녀가 가뜩이나 큰 두 눈을 동그랗게 말아 올리며 나를 바라보았다.

순간, 신기한 일이 벌어졌다. 소녀의 눈동자에서 빛이 쏟아지기 시작했다. 그건 청명한 가을밤 은하수처럼 오색찬란한 빛이었고, 북극의 밤을 한순간에 동화 속 세상으로 변신시키는 오로라처럼 몽환적인 빛이었다.

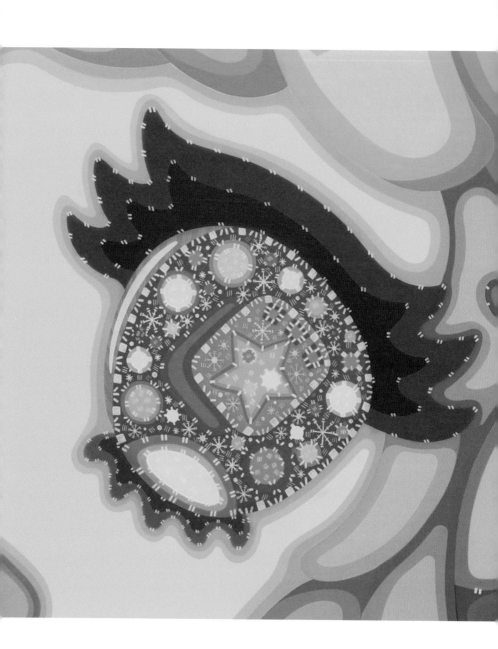

소녀의 눈동자에서 빛이 쏟아지기 시작했다.

그건 청명한 가을밤 은하수처럼 오색찬란한

빛이었고, 북극의 밤을 한순간에

동화 속 세상으로 변신시키는

오로라처럼 몽환적인 빛이었다.

Wonderland_부분확대, 95x95cm, acrylic on wood, 2023

"쌤은 쌤이시니까, 콜럼버스라고 아시죠?"

영롱한 소녀의 눈빛에 빠져 잠시 넋을 잃고 있었는데, 소녀의 낭랑한 목소리가 다시 나를 이성의 세계로 소환했다.

"그럼, 그럼 알지. 아메리카 대륙을 발견한 파마머리 아저씨잖아."

내 말은 들은 소녀가 안심한 듯 고개를 끄덕였다.

"그럼 아시겠네요? 콜럼버스가 어떻게 아메리카 대륙을 발견했는지도요."

"흐음……. 아무래도 불굴의 모험심 아닐까? 왜, 위인전 보면 나오잖아. 위대한 탐험가들이 꺾이지 않는 모험심으로 세상을 개척해 내는 감동의 스토리 같은 거."

"아아, 네네. 모…, 틀린 말은 아니지만, 완전히 맞는 말도 아닐 거예요. 콜럼버스가 아메리카 대륙을 발견한 진짜 이유는 따로 있으니까요."

소녀는 팔짱까지 끼며 사뭇 진지한 표정을 지어 보였다.

"그, 그게 뭔데?"

난 소녀처럼 눈을 커다랗게 뜨며 호기심 가득한 표정으로 물었다.

"상상력이요."

"상상력?"

"네. 상상력이 부족한 사람들은 자신들이 사는 곳이 세상의 전부라고 생각하거든요. 보이는 것만 믿으니까요. 하지만 콜럼버스는 달랐어요. 눈에 보이지는 않지만 다른 세상이 있을 거라 끊임없이 상상했어요. 결국 그 상상력이 용기를 북돋아 주었죠."

생각해 보니 맞는 말이라 딱히 반박할 수 없었다. 달나라에 토끼가 살지 않을까 상상하지 않았다면 인간이 달을 탐험할 수 없었을 테니까. 하지만 소녀의 말을 다 인정한다 해도 내겐 해결되지 않은 문제가 있었다. 중요한 전시를 코앞에 두고 사라진 그림들이었다.

"그래, 좋아. 네 말이 다 맞다고 쳐. 원더랜드가 실제로 존재한다고 치자고. 근데 난 지금 무얼 할 수 있는 상황이 아니야. 나도 널 돕고 싶지만 내 인생도 원더랜드 못지않게 엉망진창이 됐다고."

갑자기, 지난 전시를 준비하던 시간이 주마등처럼 내 머리를 스쳤다.

"끄으응…. 어떻게 견뎌온 시간인데."

설움이 차오르며 눈가가 시큰해졌다.

그런데. 내 마음을 아는지 모르는지 소녀는 이해할 수 없다는 듯 커다랗고 반짝이는 눈을 연신 깜빡였다.

"아이고, 참나. 쌤! 이 원더랜드가 바로 그 원더랜드라니까요."

"……에엥?"

난 깜짝 놀라 되물었지만, 소녀는 당연하다는 듯 말을 이었다.

"잘 생각해 보세요. 사라진 그림도 4차원 세계도. 근데 모두 작가님이 창조한 세계잖아요. 그러니 둘 사이에 뭔가 연관이 있지 않겠어요? 왜 원더랜드가 모두 엉망진창이 됐는지 이유는 모르지만요."

"그, 그런가…."

난 여전히 뭐가 뭔지 몰라 말끝을 흐렸다. 대신, 어른스럽게 생각이란 걸 채워 넣었다.

소녀 말처럼 두 개의 원더랜드가 연관이 있다면. 4차원 세계에 존재하는 원더랜드를 정상으로 만들면 사라진 그림도 정상으로 돌아올 수 있다는 말이 된다. 그건 아주 간단하고 상식적인 논리였다. 생각이 여기에 미치니 갑자기 마음이 급해졌다.

"근데, 대체 무슨 일이 벌어졌길래 원더랜드가 엉망진창이 됐다는 거야? 내 그림처럼 백지로 변하기라도 한 거야?"

"그건 가보면 알아요."

"좋아! 가자. 근데, 어떻게 하면 원더랜드에 갈 수 있는데?"

"제 눈을 통하면 갈 수 있어요. 제 눈은 4차원의 세계 원더랜드로 가는 유일한 통로거든요."

"4차원의 세계로 가는 통로라…. 혹시, 블랙홀 비슷한 거야?"

"다른 차원으로 이동하는 건 블랙홀이랑 비슷하지만, 좀 달라요.

제 눈은 블랙홀처럼 어디로 향할지 모르는 어둡고 음습한 통로가 아니니까요. 제 눈은 상상력과 호기심이 농축돼 오색찬란한 컬러로 빛나는 통로예요."

"흐음…."

소녀의 눈에 대한 설명을 듣자 절로 고개가 끄덕여졌다.

이것은 내가 전시 때마다 소녀의 눈에 관하여 누누이 강조하던 말이었으니까. 좀 전에 소녀와 눈이 마주쳤을 때, 그 오색찬란한 빛깔을 직접 확인했으니까. 그런데, 정작 소녀의 입을 통해 들으니 조금 신기하긴 했다. 마치 내 아바타가 말하는 것처럼.

아무튼. 지금은 그게 중요한 게 아니었다. 어떻게든 빨리 원더랜드를 정상으로 만들어야 하니까. 그래야 내 일생일대의 전시도 정상으로 만들 수 있으니까.

"그럼, 이제 뭘 하면 되지?"

"내 손을 잡고 눈을 바라보세요."

난 소녀가 시키는 대로 눈을 바라보았다. 그러자 소녀의 눈에 가득 찬 영롱한 컬러와 빛이 내 몸을 쑤우욱, 빨아들이기 시작했다.

끼이잉- 두둥-

기괴한 소리가 들렸고, 곧이어 부드럽고 말캉한 아이스크림 늪으로 빨려 들어가듯 내 몸에서 알 수 없는 무언가가 빠져나갔다.

동시에 눈앞이 아득해지는가 싶더니……. 내 몸이 부유하는 먼지처럼 입자로 변해버렸다. 아마 고작 몇 초였을 것이다. 내 몸이 아이스크림처럼 부드럽게 녹으며 입자로 변했던 시간이. 하지만 그 짧은 순간은 말할 수 없이 포근하고 영원처럼 아득했다. 나는 영원처럼 아득한 시간을 뒤로하고 영롱한 소녀의 눈 속으로 스르륵 빨려 들어갔다.

Wonderland

나는 영원처럼 아득한 시간을 뒤로하고

영롱한 소녀의 눈 속으로

스르륵 빨려 들어갔다.

Wonderland, 150x116cm, acrylic on wood, 2023

The Broken Wonderland

2. 망가진 원더랜드와 조우한 사라

"…진짜였네."

네모나고 울퉁불퉁한 돌을 바둑판처럼 가지런히 엮어놓은 길이었지만. 확실히 달랐다. 여느 공원이나 산책로에서 볼 수 있는 흔한 돌길이 아니었다. 한발 한발 발걸음을 옮기며 네모난 돌에 발을 디딜 때마다, 알록달록 다양한 컬러의 빛들이 발 주변으로 아지랑이처럼 피어올랐다. 길가에는 파스텔 컬러의 이름 모를 들꽃들이 흐드러지게 피어 있었다. 난 휘둥그레진 눈으로 주위를 두리번거리며 걸음을 옮겼다. 소녀가 산다는 언덕 위 집으로 가는 길이었다. 하늘에 피어 있는 구름다리처럼 생긴 무지개는 손을 뻗으면 잡힐 듯 가깝게만 보였다. 아직 해가 지기엔 이른 시간이었지만, 벌써 별과 달이 출근할 채비를 하고 있었다. 중간중간 솜사탕이랑 아이스크림을 파는 상인들이 있었지만, 줄을 서서 기다리는 아이들은 없었다. 그래서인지 상인들의 표정도 썩 밝아 보이지 않았다.

"그럼요. 진짜라니까요."

언덕을 오르며 혼잣말처럼 중얼거렸는데, 그걸 들었는지 소녀가 곧바로 끼어들며 대답했다.

진짜였다. 소녀를 따라 차원을 이동해 도착한 곳은 내가 그린 원더랜드와 많이 닮아 있었다. 비록 내가 그린 원더랜드엔 빛을 뿜어내는 네모난 돌도 없었고. 솜사탕과 아이스크림을 파는 상인들도 없었지만. 그건 중요한 게 아니었다. 그림으로 표현하지 않았을 뿐, 늘 상상 하던 것이었으니까. 정작 나를 놀라게 한 건 따로 있었다.

"진짜 엉망진창이 돼버렸구나?"

"네. 정말 엉망진창이 돼버렸어요."

그건 바로 컬러였다. 알록달록 형형색색으로 빛나야 마땅한 원더랜드가 빛바랜 흑백사진처럼 검게 변해 있었다.

"도대체 왜 이렇게 된 거야?"

"모르죠. 아무튼 그걸 정상으로 만들려고 온 거니까. 얼른 집으로 가요."

소녀는 그렇게 말하곤, 성큼 앞장서 걸음을 옮겼다.

"…그, 그래."

그렇게. 소녀의 뒤를 따라 10분쯤 걸었을까? 소녀의 말로는 버섯처럼 생긴 작은 집이라고 했는데, 정말 표고버섯처럼 둥글고 짙은 갈색 지붕에 군데군데 핑크색 하트 무늬가 홀로그램처럼 반짝거리는 집이 보였다.

"정말 작고 예쁜 집이네?"

"그래도 둘이 살기엔 충분해요. 어서 들어오세요."

"둘이 산다고? 누구랑 같이⋯⋯?"

같이 사는 사람이 있다는 게 신기해 물었지만, 소녀는 내 말이 채 끝나기도 전에 쪼로록 집으로 들어가 버렸다.

"치잇⋯!"

난 약간 뻘쭘한 기분도 들어 소녀를 따라 들어가는 대신 언덕 위에 가만히 서서 주위를 둘러보았다. 조금 전 출근 준비를 하던 별과 달이 어느새 두둥실 떠 있었고, 저 멀리엔 동화책에 나올 법한 고풍스러운 모양의 성도 보였다. 성의 끝은 구름을 찌를 듯 높고 길쭉하게 하늘을 향해 뻗어 있었는데. 왠지, 허락된 사람 이외에는 들어갈 수도 나갈 수도 없는 비운의 공주가 살고 있을 것만 같았다.

성의 끝은 구름을 찌를 듯 높고 길쭉하게

하늘을 향해 뻗어 있었는데.

왠지, 허락된 사람 이외에는 들어갈 수도

나갈 수도 없는 비운의 공주가

살고 있을 것만 같았다.

Wonderland, 116x150cm, acrylic on wood, 2023

"쌤, 어서 오세요. 구경시켜드릴게요."

집으로 들어가자, 소녀는 상냥하게 집 소개부터 했다. 밖에서 보던 것과 달리 실내는 꽤 넓어 보였다. 오밀조밀하게 구역을 나눠 잘 정리한 탓 같았다.

"여기는 드레스룸이에요."

벽면에 붙어 있는 보라색 하트 무늬가 새겨져 있는 노란색 커튼을 열자 제법 넓은 공간이 모습을 드러냈다. 위쪽 나무로 만든 봉에는 파스텔컬러의 알록달록한 드레스들이 가지런히 걸려 있었다. 온통 핑크 핑크하고, 민트와 레몬처럼 상큼하며, 첫사랑의 고백만큼이나 사랑스러운 드레스들이었다. 그 밑 네모난 서랍장에는 헤어밴드, 왕관, 리본모양의 액세서리와 장신구들이 잘 정리돼 있었다. 그 옆에는 우산꽂이처럼 생긴 둥글고 투명한 원통이 있었는데, 원통 안에는 요술봉으로 추정되는 십자가 모양의 막대기 몇 개가 꽂혀 있었다.

"이것들은 뭐야? 역시, 요술봉인 거야?"

난 그중 노란 곰돌이 얼굴 모양의 막대기를 집어 들며 물었다.

"아뇨, 그럴 리가요. 그냥 장난감들이에요. 파티에 갈 때 장신구로 쓰면 딱이죠. 지금 쌤이 든 건 내 친구가 제일 좋아하는 거… 였… 는데……."

말하던 소녀의 눈에 그렁그렁한 눈물이 맺혔다. 방금 전까지 아무렇지도 않아 보였는데. 믿기 힘들 정도로 빠른 감정 변화였다.

"왜에, 왜에? 갑자기 왜 그래?"

"친구가. 친구가… 사라져 버렸거든요."

"친구? 친구 누구? 아, 참. 같이 사는 친구가 있다고 했지. 지금 어디에 있는데?"

"몰라요. 그날, 갑자기 사라져 버렸어요."

"그날? 그날이 언젠데?"

"원더랜드가 엉망진창이 돼버린 날 말예요. 아아앙~"

따져 묻는 것처럼 느껴졌나?

궁금해서 물었을 뿐인데, 소녀는 결국 울음을 터뜨리고 말았다.

뚜두둑- 달그닥- 뚜두둑- 달그닥-

그런데, 소녀의 크고 반짝이는 눈에서 보석 모양의 눈물이 뚝뚝 떨어졌다. 모양뿐만이 아니었다. 소녀의 눈물은 새끼손톱 4분의 1 정도 크기의 보석처럼 맑고 투명한 고체 덩어리였다. 눈물이 다이아몬드 모양의 고체란 게 신기했지만. 내색하지는 않았다. 울고 있는 아이한테 '네 눈물이 다이아몬드 같아'라고 말할 수는 없는 노릇이었으니까.

아무튼. 괜히 나 때문에 울게 된 것 같아 이러지도 저러지도 못하고 시선만 이리저리 굴렸다. 그러다 보니 자연스럽게 집 구경을 하게 되었다. 소녀의 말처럼 집안 곳곳에 둘이 함께 살던 흔적이 있었다. 침대도 두 개, 침대맡 탁자에 놓인 머그컵도 두 개, 쟁반도 두 개, 포크도 두 개, 세면대 옆 핑크색과 민트색의 칫솔 역시 두 개였다. 하지만 지금 소녀는 혼자뿐이었다.

"너무 걱정하지 마. 쌤이 친구를 꼭 찾아줄 테니까."

상심한 소녀의 어깨를 감싸며 나란히 침대 끝에 앉았다. 그제야 마음이 좀 놓이는지 소녀가 울음을 삼키며 내 어깨에 몸을 기댔다.

"난 친구가 없으면 한잠도 잘 수 없단 말예요. 흑흑."

애써 울음을 삼켰지만. 말하면서 또 사라진 친구가 생각났는지, 소녀는 내 품에 얼굴을 폭 파묻으며 서러운 울음을 토해냈다.

"괜찮아, 괜찮아. 아무 걱정하지 마. 쌤이 꼭 찾아줄 거니까."

난 소녀의 머리를 가만히 쓰다듬어 주었다. 하지만 소녀는 서러움이 가시지 않는지 아무런 대답도 하지 않았다. 난 소녀를 꼭 보듬어 안고 천천히 등을 쓰다듬으며 말했다.

"울고 싶은 만큼 울어. 그러다 마음이 조금 나아졌다 싶으면 어떻게 된 일인지 차분하게 말해줘. 그래야 도와줄 수 있거든."

토닥토닥, 등을 쓰다듬으며 소녀의 마음이 진정되길 기다렸다. 하지만 침대 위 창문으로 스멀스멀 어둠이 밀려 들어올 때까지 소녀는 미동도 하지 않았다.

'하긴, 얼마나 무섭고 힘들었을까.'

기껏해야 열댓 살 돼 보이는 아인데 반짝거리던 원더랜드가 반쯤은 까맣게 변해버리고, 같이 살던 친구도 사라져 버렸으니.

'많이 속상했나 보네.'

고개를 옆으로 기울여 가만히 소녀의 얼굴을 들여다보는데.

드르렁- 푸후우-

별안간 코 고는 소리가 들려왔다.

'눕자마자 10초 내로 잠드는 건 나랑 비슷하네.'

피식, 웃으며 소녀를 침대에 편히 눕히고 보드랍고 몽실몽실한 핑크색 이불을 덮어주었다. 이불에서 달콤한 딸기케이크 향이 날 것 같았다. 나는 소녀가 혹시라도 나쁜 꿈을 꾸지 않도록 그려쥔 손을 놓지 않았다. 그런 다음 다시 한번 소녀의 집을 둘러보는데, 내 시선에 노끈으로 돌돌 말린 누런 종이뭉치 하나가 들어왔다.

"어, 저건 뭐지?"

난 황급히 종이뭉치를 집어 들었다.

52

벽면에 붙어 있는 보라색 하트무늬가 새겨져 있는

노란색 커튼을 열자 제법 넓은 공간이 모습을 드러냈다.

위쪽 나무로 만든 봉에는 파스텔컬러의 알록 달록한

드레스들이 가지런히 걸려 있었다. 온통 핑크 핑크하고,

민트와 레몬처럼 상큼하며, 첫사랑의 고백만큼이나

사랑스러운 드레스들이었다. 그 밑 네모난 서랍장에는

헤어밴드, 왕관, 리본 모양의 액세서리와 장신구들이

잘 정리돼 있었다. 그 옆에는 우산꽂이처럼 생긴 둥글고

투명한 원통이 있었는데, 원통 안에는 요술봉으로 추정되는

십자가 모양의 막대기 몇 개가 꽂혀 있었다.

Wonderland_이루어질꺼야, 91.5x73.5cm, acrylic on wood, 2020

드르렁- 푸후우-

코고는 소리를 배경음악처럼 들으며 돌돌 말린 종이뭉치를 펼쳐 보았다. 영화 〈인디아나 존스〉에 나오는 보물지도처럼 꼬깃꼬깃 구겨진 갈색 종이였다. 자세히 보니 목탄으로 꾹꾹 누른 것처럼 굵고 검은 글씨도 있었고, 삐뚤빼뚤 적혀 있는 작은 글씨도 있었다. 굵고 검은 글씨는 도장으로 찍은 것처럼 선명했다. 하지만 작은 글씨는 삐뚤빼뚤할 뿐만 아니라, 여러 번 지우고 고친 흔적이 보였다. 아마도 소녀가 색연필로 깨알같이 적어놓은 모양이었다.

〈Rule 6〉

그중 제일 위에 검은 글씨로 〈Rule 6〉라고 쓴 글자가 시선을 사로잡았다.

'Rule 6? 무슨 규칙 같은 건가?'

생각하며 시선을 아래로 내렸다. 역시 굵고 검은 글씨들이 먼저 눈에 들어왔다.

< Rule 6 >

Rule 1. 예의바르게 행동할 것

Rule 2. 지금 이 순간을 가장 소중한 순간으로 만들 것

Rule 3. 열심히 일할 것

Rule 4. 나를 아름답게 가꿀 것

Rule 5. 최선을 다해 사랑할 것

Rule 6. 완전한 행복을 꿈꿀 것

흐음…. 확실하진 않지만, 무슨 행동지침 같았다. 이곳이 4차원 세계에 있는 원더랜드니까 당연히 원더랜드에서 지켜야 할 행동 지침일 테고.

'재밌네.'

내용을 보면, 유치원 예절학교 입학식에서 원장 선생님이 할 법한 말들이었다. 그런데 사뭇 진지하게 'Rule 6'라는 거창한 이름으로 적혀 있다는 게 한편으론 재밌으면서도 조금은 황당하게 느껴졌다. 그런데……. 그런데 말이었다.

"앗, 이건…….'

진짜 황당한 건 그게 아니었다.

갑자기 처음 원더랜드를 그려야겠다고 마음먹었던 '그때의 내'가 떠올랐고.

"세상에서 가장 예쁘고 아름다운 그림을 그리고 싶어."

그 순간 다짐하듯 중얼거린 말이 머릿속을 맴돌았다.

세상에서 가장 예쁘고 아름다운 그림을 그리고 싶었던 '그때의 내'가 선택한 건 순수했던 어린 시절의 마음이었다. 동심(童心). 그때의 난, 어른이 되어서도 변하지 않는 순수한 마음을 영원히 예쁘고 아름답게 간직하고 싶었고, 진짜 나의 어린 시절을 떠올리며 원더랜드 세계관을 직조했다.

'원더랜드는 어떤 모양이어야 하고, 원더랜드에서 살아가려면 어떻게 행동해야 하는지.'

하나하나 생각하며 지금의 원더랜드를 탄생시켰다. 그런데. 그때 마음속으로 정리했던 생각들이 'Rule 6'라는 이름으로 선명하게 각인돼 있었던 것이다.

"……확실해."

명백한 증거였다.

내가 현실 세계에서 그린 원더랜드가 4차원 세계에 실제로 존재하는 원더랜드와 일치한다는 명백한 증거. 난 눈을 크게 뜨고 가을하늘처럼 청명하고, 에메랄드빛 여름 바다처럼 파란 글씨 밑, 소녀가 쓴 손 글씨들을 읽어나갔다.

"……하아."
소녀가 색연필로 쓴 손 글씨를 읽다보니 절로 탄성이 새어 나왔다. 난 읽던 종이뭉치를 내려놓고 쌔근쌔근 잠들어 있는 소녀의 얼굴을 물끄러미 쳐다보았다.

Rule 1. 예의바르게 행동할 것

예의바르게 행동해야 돼. ~~언니, 아니 작카님.~~ 아니, 아니 우리
쌤이 제일 싫어하는 게 무례한 거니까. 흠흠. 뭐가 있더라.
먼저 인사하기, 상냥하게 말하기. 나랑 다른 사람을 보면 그냥
나랑 다르구나 하고 다름을 인정하기. ~~무섭게 생긴 사람을 봐도~~
~~울지 않기.~~ 귀신과 마주치면 놀라지 말고 인사하기
(기분 나쁠 수도 있으니까). 뭐든 양보하고 배려하기. 차례차례
질서 지키기. 그중에서 제일로 중요한 건... 먼저 인사하기야.
원더랜드에 사는 사람들은 다 다르게 생겼으니까 먼저
인사하지 않고 그냥 쳐다보기만 하면 화가 났다고 생각할지도
모르니까. 근데 어떡하지? 난 매일 인사가 헷갈리는데.
~~바보바보바보.~~ 놀다가 친구가 먼저 집으로 갈 때는
'안녕히 가세요.' 내가 먼저 집으로 갈 때는 '안녕히 계세요.'
~~헷갈리자만 어쩔 수 없다.~~ 연습하자. 연습. 연습.

세상에서 가장 예쁘고 아름다운 그림을 그리고 싶었던

'그때의 내'가 선택한 건 순수했던 어린 시절의 마음이었다.

동심(童心). 그때의 난, 어른이 되어서도

변하지 않는 순수한 마음을 영원히 예쁘고 아름답게

간직하고 싶었고, 진짜 나의 어린 시절을 떠올리며

원더랜드 세계관을 직조했다.

Wonderland, 64x64cm, acrylic on wood, 2024

마치 얼어붙은 사람처럼 한동안 움직이지 못했다.

Rule 1부터 Rule 6까지. 굵고 검은 글씨 밑에 소녀가 적어놓은 손 글씨들을 하나하나 읽어나가며, 난 어처구니없게도 어린 시절 나를 떠올리고 말았다. 색연필로 깨알같이 적어놓은 글씨들은 어쩌면 소녀의 다짐이었을지도 모를 일이었다. 십계명을 가슴에 새기며 간절히 기도를 올리는 기독교인들처럼, 원더랜드에서 살아가는 소녀는 'Rule 6'를 떠올리며 나름의 다짐을 했을지도 몰랐다. 하지만 그건 나의 기록이기도 했다. 내가 원더랜드를 그리면서 진짜 말하고 싶었던 동심, 변하지 않는 사랑과 마음속 깊이 간직한 진실함. 달리 말하면 내가 그토록 원더랜드를 그리고 또 그려야만 했던 이유이기도 했다.

혹시라도 놓칠세라, 내 손을 꼭 잡고 쌔근쌔근 잠들어 있는 소녀 옆에서. 난 소녀가 쓴 손 글씨를 읽고 또 읽었다. 그러면서 내 마음도, 내 생각도. 점점 소녀처럼 형형색색으로 물들어가고 있었다.

Rule 2. 지금 이 순간을 가장 소중한 순간으로 만들 것

기억하고 싶어. 제일 기쁘고, 행복하고, 사랑하고, 떨렸던 순간. 그때의 공기는 어땠는지. 그때 불던 바람은 또 얼마나 기분 좋게 따스했는지. 그런데 어떡해? 자꾸만 잊고 마는걸. 시간이 지날수록 소중한 그 느낌을 자꾸만 잊고 마는걸. 너무 슬프지만. 그래서 속상하지만. 어쩔 수 없잖아. ~~바보천치 같은 아메바.~~ 그래도 정말 다행인 건 원더랜드의 시간이 아주 특별하다는 거야. 원더랜드에서는 나이를 먹지도, 죽지도, 소멸되지도 않으니까. 지금 이 순간이 영원이고, 영원은 곧 지금 이 순간 이니까. ~~왜 그런지는 몰라. 그냥 원더랜드를 창조한 쌤이 그렇게 만든 거니까.~~ 그러니까 나도, 다른 몬스터 친구들도 계속 노력할 수밖에 없어. 지금 이 순간이 영원히 지속될 시간이니까. 지금 이 순간이 영원히 간직할 수 있는 최고의 순간이 되도록.

Rule 3. 열심히 일할 것

언제였더라? 쌤이 말한 걸 들었어. 원더랜드에서 가장 필요한 건 상상력과 호기심이라고. 하지만 저절로 상상력과 호기심이 생기는 건 아니야. 우리는 ~~쌤처럼 대단한 능력자가 아니니까.~~ 뭐, 열심히 노력하는 수밖에 없지. 서로 따스한 마음으로 꼬옥 안아주기. 상대방의 눈을 가만히 들여다보기. 서로의 긍정 에너지 충전해주기. 하찮은 고민 들어주기. 웃긴 얘기 해주기. 우스꽝스러운 모습으로 변신하기. 예쁜 꽃에 물 주기. 상상의 무지개 만들기. 오색찬란한 빛을 담은 별과 달을 만들기. 상상력을 샘솟게 만드는 방법은 다양하고. 몬스터 친구들이 하는 있는 일은 모두 다르지만. 원더랜드에 사는 이상 열심히 일해서 상상력과 호기심을 보충해야 돼. 자, 야자야자. ~~오늘도 힘내자.~~ 심호흡을 하고. 눈을 크게 뜨고. ~~쌤이 만든~~ 원더랜드에 상상력과 호기심이 가득 차도록 열심히 일하자!

Rule 4. 나를 아름답게 가꿀 것

원더랜드에서 꼬질꼬질한 모습은 상상도 할 수 없지. ~~쌤이 제일 싫어하는 거니까.~~ 아무리 바빠도 아무리 시간이 없어도 아무리 힘들어도. 매일 예쁜 색의 옷과 재미있는 디자인의 옷으로 갈아입고, 반짝 반짝 빛나는 왕관과 사랑스러움으로 가득 찬 리본으로 머리를 치장 하고, 형형색색의 머리색으로 변신하는 일을 게을리해서는 안 되지. 원더랜드에서 나를 가꾸지 않는 건 차라리 죄악이니까. 생각해 보면, 꼬질꼬질한 모습으로 상상하는 것만큼 끔찍한 일도 없으니까.

Rule 5. 최선을 다해 사랑할 것

쌤이 늘 말했지. 아무리 하찮은 것처럼 보여도 세상에 소중하지 않은 존재는 없다고. 작디작은 풀잎도, 작아서 우리 눈에 잘 보이지 않은 벌레마저도 사랑하라고. 생명이 있는 우리 모두는 세상에서 가장 사랑스럽고 사랑받아야 하는 존재라고.

~~난 키가 작은 게 좀 불만 이지만.~~ 원더랜드에서는 겉모습과 상관없이 있는 그대로의 모습으로 사랑해야 돼.

나를 사랑하는 건 너무 당연한 거구. 나 이외에도 다른 모든 걸 사랑해야 돼. 조건? 그런 건 없어. 당연히 이유도 없고. 가장 친한 친구도, 처음 만나 어색한 사람도, 비록 눈이 하나만 있는 친구마저도.

Rule 6. 완전한 행복을 꿈꿀 것

호기심을 가지고 상상하고. 예의바르게 행동하고. 누구에게나 먼저 상냥하게 인사하고. 항상 가장 행복했던 순간을 떠올리고 감사한 마음을 갖고. 나를 아름답게 가꾸고. 열심히 일하고. 최선을 다해 사랑한다고 해서. 모든 게 끝난 건 아니라고 했어. ~~쌤 머워. 도무지 어떻게 하라는 건지.~~ 조금씩 '완전한 행복'에 가까워질 뿐이라고 했어. 쌤이 말했잖아. '완전한 행복'은 모두가 원하지만 쉽게 가질 수 없는 것이라고. 내가 할 수 있는 건 그저 '완전한 행복'에 가까워지려 매일매일 조금씩 노력하는 것뿐이야. 일주일에 일곱 번 친구들을 관찰해 보니까 달라지긴 하더라고. '완전한 행복'에 가까워질수록 친구들의 모습도 달라 진다고 했으니까. 행복의 기운이 달콤한 아이스크림처럼 녹아내리며 더 아름다운 색과 모습으로 변신하게 된다고 했으니까.

혹시라도 놓칠세라, 내 손을 꼭 잡고

쌔근쌔근 잠들어 있는 소녀 옆에서

난 소녀가 쓴 손 글씨를 읽고 또 읽었다.

그러면서 내 마음도, 내 생각도. 점점 소녀처럼

형형색색으로 물들어가고 있었다.

Wonderland, 99x99cm, acrylic on wood, 2023

"아후우, 잘 잤다."

다음 날 아침. 소녀는 정말 잘 잤는지 큰 눈을 깜빡이며 기지개를 켰다. 딱 보기에도 개운한 얼굴이었다.

"그래, 정말 그래 보이네."

비록 한잠도 자지 못했지만, 난 어른답게 소녀를 칭찬했다. 그깟 잠 따위. 지금 그게 중요한 게 아니니까.

"며칠 동안 한숨도 못 잤는데, 어젯밤엔 이상하게 따뜻한 기운이 느껴져서 너무 잘 잤어요. 쌤, 감사합니다."

꾸벅, 배꼽 인사를 하는 소녀를 보니 밤새 손을 놓지 않은 나 자신이 약간은 대견스러웠다.

"왜 못 잤는데? …아, 참. 친구가 없으면 잠을 못 잔다고 했지?"

"네에. 친구는 밤마다 저를 꼭 안아주는 잠동무거든요. 전 친구를 안고 자면서 무지갯빛 긍정 에너지를 충전하는데. 친구가 사라져 버린 다음부터는 잠도 잘 못 자고, 에너지 충전도 못 했거든요."

"아하! 사라진 친구가 하는 일이 꼭 안고 무지갯빛 긍정 에너지 충전을 해주는 거였구나. 기특하기도 해라."

어젯밤 읽은 'Rule 3. 열심히 일할 것'을 떠올리며 말했다. 그러자 소녀가 삐쭉 입을 내밀었다.

"…혹시, 노란 종이에 쓴 글씨 보셨어요?"

"미, 미안. 일부러 그런 건 아니었어. 핑계 같지만 네 손을 잡고 있느라 움직일 수 없어서 달리할 수 있는 게 없었거든. 근데 정말 몰랐어. 네 얘기를 그렇게 적어놓은 건지는."

남의 일기장을 훔쳐보다 들킨 사람처럼 주저리주저리 변명을 늘어 놓았다. 하지만 소녀는 아무렇지도 않다는 듯 어깨를 들썩여 보였다.

"모, 상관없어요. 어차피 쌤한테 보여드리려고 했으니까. 그게 엉망진창이 된 원더랜드를 원래대로 만들 수 있는 유일한 단서 거든요."

'음…. 단서라.'

소녀의 말이 사실이라면 원더랜드에 생긴 문제는 나로부터 시작된 것일지도 모를 일이었다. 소녀가 적어놓은 글씨는 내 얘기이기도 하니까.

그런데 궁금한 게 있었다.

"그런데 말야, 〈Rule 6〉란 거. 원더랜드에서 사는 친구들이 지켜야 하는 규칙 같은 거야?"

"네, 맞아요."

"안 지키면 어떻게 되는데?"

"지금까지는 아무도 안 지킨 사람이 없어서 저도 몰랐는데, 얼마

전에 알게 됐어요."

"어, 정말? 어떻게 되는데?"

"보시는 것처럼요. 엉망진창이 돼버렸잖아요."

"아아…. 아하!"

이제야 알 것 같았다. 누군가, 무슨 이유 때문인지 〈Rule 6〉를 어겨버렸고. 덕분에 오색찬란하던 원더랜드가 이토록 검게 변해 버린 것이었다.

"혹시 〈Rule 6〉는 어디서 난 거야? 언제부터 생겨난 거냐구?"

"모르겠어요. 이곳에 들어와 보니 그냥 있더라고요."

…아하, 이쯤 되면 거의 확실하다. 〈Rule 6〉는 동심을 떠올리며 처음 원더랜드를 구상했던 그때의 내 생각들이다. 그리고 어찌 보면 내가 꿈꿨던 이상향의 세계이기도 하고. 그러면 남은 문제는 누가, 무슨 이유 때문에 〈Rule 6〉 지키지 않았냐는 것뿐이다. 그 문제를 해결하면 엉망진창이 된 원더랜드도, 사라진 내 그림도 원상태로 되돌릴 수 있을 것이다.

생각이 여기까지 미치자, 문제를 모두 해결한 것처럼 뿌듯한 기분이 들었다. 흐뭇한 미소를 지으며 고개를 끄덕이는데, 소녀가 묻지도 않은 질문에 당연하다는 듯 대답을 했다.

"치잇. 그러니까 쌤은 〈Rule 6〉 밑에다 뭘 그렇게 많이 적어놨는지가 궁금한 거죠? 그건 어쩔 수 없었어요. 전 원더랜드의 안내자니까. 안내자가 임무를 충실히 수행하기 위해서 〈Rule 6〉를 열심히 공부하는 건 너무 당연한 일이잖아요."

"네가 원더랜드의 안내자라고? 안내자는 무슨 일은 하는데?"

"뭐, 이곳에 놀러 온 사람한테 원더랜드를 소개해 주기도 하고, 여기저기 구경도 시켜주는 거죠. 쌤이 이곳에 온 첫 번째 사람이란 게 문제지만요."

"그럼, 그동안 많이 심심했겠구나?"

"아뇨, 아뇨. 원더랜드에 사는 다른 친구들도 각자 하는 일이 있지만. 저도 엄청 바빠요. 원더랜드에 무슨 일이 생기지 않나 매일매일 꼼꼼히 잘 살펴야 하구요. 다른 몬스터 친구들이 어떤 상태인지 확인도 해야 해요. 모오…, 가끔 시간이 날 땐 신기한 지구를 구경하기도 하지만요. 사실 전 그 시간이 제일 좋아요. 쌤이 그림을 그리는 모습을 보면 마냥 행복하거든요."

흥분해 목소리를 높이는 소녀의 모습이 귀여워 살짝 장단을 맞춰주었다.

"이야, 정말 대단한 일을 하네. 어떻게 그 많은 걸 다 볼 수 있는거야?"

소녀가 신이나 말을 이었다.

"눈이요. 제 눈은 차원을 이동하는 통로이기도 하지만, 커다란 망원경이기도 해요. 상상력만 있으면 뭐든지 다 볼 수 있는 요술 망원경이요."

"요술 망원경이라! 정말 멋지네. 근데, 좀 전에 몬스터 친구들의 상태를 확인한다는 건 무슨 말이야?"

"아하. 그거요. 오늘 하루도 행복했는지 관찰하는 거예요. 원더랜드에 사는 친구들이 오늘 하루 최선을 다해서 '행복의 기운'을 채우면, 그 '행복의 기운'이 몸 밖으로 흘러넘치거든요."

픕. 알고 보니 소녀는 말하기를 엄청 좋아하는 수다쟁이였다. 한번 터진 소녀의 말꼬는 멈출 줄 모르고 봇물 터지듯 이어졌다.

"근데, 그 '행복의 기운'이란 거 있잖아요. 바닐라 아이스크림처럼 달콤하고 딸기 솜사탕처럼 부드럽거든요. 한번은 진짜 아이스크림인 줄 알고 손을 대서 먹어본 적도 있었는데…. *끄*아앗, 테테테. 맛은 완전 별로였어요."

쉴 새 없이 수다를 떠는 소녀를 보고 있으니 절로 미소가 지어졌다.

"넌 참 아는 게 많은 아이구나?"

"제가 좀 그런 편이에요. 초등학교 5학년 때까지 반장만 했을 정도니까요. 물론, 6학년 때 미화부장으로 갑자기 내려가긴 했지만요. 원래는 춤도 잘 추고, 노래도 잘하고, 피아노랑 플루트 연주하는 것도 좋아했는데. 원더랜드에 온 다음부터는 바빠서 할 시간이 없어요. 아시다시피 제가 좀 많이 바쁘거든요."

"원더랜드에 언젠 온 거야?"

"초등학교 6학년, 그러니까 열세 살 때요."

"열세 살 때 와서 얼마나 오래 여기에 산 거야?"

"그건 몰라요. 원더랜드의 시간은 특별하거든요. 원더랜드에 발을 들인 순간에 시간이 딱 멈춰버려요. 아무리 시간이 지나도 지금 이 순간이 영원히 지속되니까, 전 언제까지나 열세 살이에요. 근데, 쌤도 규칙 읽어보셔서 아시지 않아요?"

"음, 그렇긴 하지."

"원더랜드를 창조하신 분이 그런 얘길 하니까, 좀 웃기긴 하네요."

소녀는 정말 웃긴지 미소를 지으며 고개를 설레설레 흔들었다. 그러다 무슨 생각이라도 떠오른 듯 말을 이었다.

"그보다 쌤 있잖아요."

그러더니 손짓으로 귀를 가까이 대보라는 시늉을 했다.

"저 사실은 5학년 때 같은 반 남자친구들한테 연애편지를 받은 적도 있어요. 제가 실은 인기가 정말 많았어요. 쌤!"

귓속말한 소녀는 부끄러운 듯 목소리를 가다듬었다.

"흠흠…. 아무튼 전 너무 바쁘고 피곤해서 일과가 끝나면 꼭 친구를 안고 자야 해요. 그 친구가 저한테 무지갯빛 긍정 에너지를 채워주니까요."

…아, 친구.

신나서 수다를 떠는 소녀의 말을 듣다 보니, 정작 중요한 걸 잊고 있었다. 사라진 친구의 행방이었다. 모르긴 몰라도, 친구의 행방이 원더랜드 문제 해결의 단초가 될 것 같았다.

"참, 그런데 친구는 어디로 간 거야?"

"몰라요. 그냥 사라졌어요. 처음 원더랜드가 까맣게 변해버린 걸 발견한 날 밤에 친구한테 그 사실을 말해줬거든요. 다음날 눈을 떠보니 사라져 버렸어요."

"혹시, 그 친구의 이름이 뭐야?"

"Lucky Bear요. 이유는 저도 모르지만, 원더랜드에서 이름이 있는 유일한 친구예요."

"음… 좋아. 당장 Lucky Bear를 찾으러 가보자."

원더랜드의 시간은 특별하거든요.

원더랜드에 발을 들인 순간에

시간이 딱 멈춰버려요.

아무리 시간이 지나도

지금 이 순간이 영원히 지속되니까,

전 언제까지나 열세 살이에요.

Wonderland_이제 출발이야!, 130x97cm, acrylic on wood, 2021

"어디로 갈까요?"

"음, 일단 무지개가 떠 있는 곳으로 가야 하지 않을까? 그래야 외눈박이 몬스터를 만날 수 있을 테니까."

"아하 상상무지개 말씀하시는 거구나. 그런데 상상무지개가 있는 곳이 아마 수백 개, 수천 개도 넘을 텐데요."

"뭐? 그렇게나 많아?"

"그럼요. 원더랜드 어디에서나 상상할 수 있어야 하니까, 상상무지개는 많을수록 좋죠. 이래 봬도 여기 있는 몬스터 친구들 제법 성실하게 일하거든요."

언덕 위 가장 높은 곳에 마주 보고 선 소녀와 나. 대망의 출정을 앞두고 나름 진지한 대화를 나누는 중이었다. 오색찬란한 컬러로 빛나던 원더랜드를 원래의 모습을 되돌려 놓고, 사라진 소녀의 친구 Lucky Bear까지 찾아야 하는 힘든 여정이었기에, 서로를 바라보는 표정이 사뭇 비장하기만 했다.

준비는 충분했다. 내 배낭엔 지구에서 딸려온 달달이 3종 세트 마카롱, 바닐라라떼, 오트밀쿠키가 가득 채워져 있었고. 소녀의 핑크색 가방엔 십자가 모양의 요술봉이 한가득 채워져 있었으니까. 내 계획은 상상무지개를 만드는 일을 한다는 외눈박이 몬스터를 만나는 것이었다. 소녀가 처음 원더랜드에 이상이 생겼다는 걸 알아차린 게 까맣게 변해버린 상상무지개였기 때문이었다. 그래서 외눈박이 몬스터를 만나 상상무지개가 까맣게 변한 이유를 물어보면 사건의 실마리를 찾을 수 있을 것 같았다.

"좋은 생각이세요. 외눈박이 몬스터는 상상무지개만 만드는 게 아니라 달콤하고 부드러운 솜사탕 같은 파스텔색의 별과 달도 만들거든요. 꽃에 물을 주는 것도 그 친구의 일이구요."

게다가 다른 일도 겸한다는 소녀의 증언. 외눈박이 몬스터만 만나면 한 번에 모든 일을 해결할 수 있을 것 같았다. 하지만 희망 회로는 그리 오래 작동되지 않았다. 상상무지개의 숫자가 수백 개, 수천 개도 넘는다는 소녀의 말 때문이었다.

"혹시, 외눈박이 몬스터가 자주 가는 곳은 없는 거야?"

"그런 건 따로 없지만 지금 어디에 있는지는 알 수 있어요."

"어떻게? 어떻게 하면 알 수 있는데?"

"그 친구의 모습을 상상하면서 제 눈을 가만히 들여다보면 보여요. 제 눈은 상상력만 있으면 뭐든 볼 수 있는 요술 망원경이잖아요."

"아, 맞다. 요술 망원경!"

난 고개를 끄덕이며 가만히 소녀의 눈을 들여다보았다. 그리고 상상해 보았다. 하늘을 날아다니며 알록달록한 색깔의 무지개를 뿜어내는 외눈박이 몬스터의 모습. 동그란 통 안에 수십 가지 색깔의 아이스크림이 뒤섞여 있는 것만 같은. 커다랗고, 동그랗고, 아름답게 반짝이는 소녀의 눈을 보며 마음껏 상상의 나래를 펼쳤다. 그랬더니, 정말 보이기 시작했다.

"…어어, 어? 그런데?"

내가 상상하던 모습이 아니었다. 상심한 듯 바닥에 누워 멍하니 하늘만 바라보는 외눈박이 몬스터. 많이 쓸쓸하고 많이 슬퍼 보였다.

"큰일이야. 외눈박이 몬스터한테 정말 심각한 일이 있는 것 같아. 빨리 가보자."

"좋아요, 쌤. 각오 단단히 하세요. 곧 내 눈 속으로 빨려 들어갈 테니까요."

끄덕. 난 대답 대신 아랫입술을 꽉 깨물고 고개를 끄덕였다. 지구에서 이곳으로 올 때 멀미로 꽤나 고생한 기억 때문이었다.

"아참, 그거는 아시죠? 지구에서 이곳으로 올 때랑은 달라요. 4차원 세계에서 제 눈을 통해 공간을 이동하면 밤이 되기 전까지 제 몸 안에 갇혀 있어야만 해요."

"뭐라고? 네 몸속에 갇혀 있어야 한다고? 야아, 그걸 이제야 얘기하면……."

난 깜짝 놀라 소리쳤지만, 내 몸은 이미 입자가 되어 소녀의 눈 속으로 스르륵 빨려 들어가고 있었다.

84

상상해 보았다. 하늘을 날아다니며 알록달록한

색깔의 무지개를 뿜어내는 외눈박이 몬스터의 모습.

동그란 통 안에 수십 가지 색깔의 아이스크림이

뒤섞여 있는 것만 같은. 커다랗고, 동그랗고,

아름답게 반짝이는 소녀의 눈을 보며 마음껏 상상의

나래를 펼쳤다. 그랬더니, 정말 보이기 시작했다.

Wonderland, 95x121cm, acrylic on wood, 2023

Wonderland, 95x77cm, acrylic on wood, 2023

Wonderland, 95x77cm, acrylic on wood, 2023

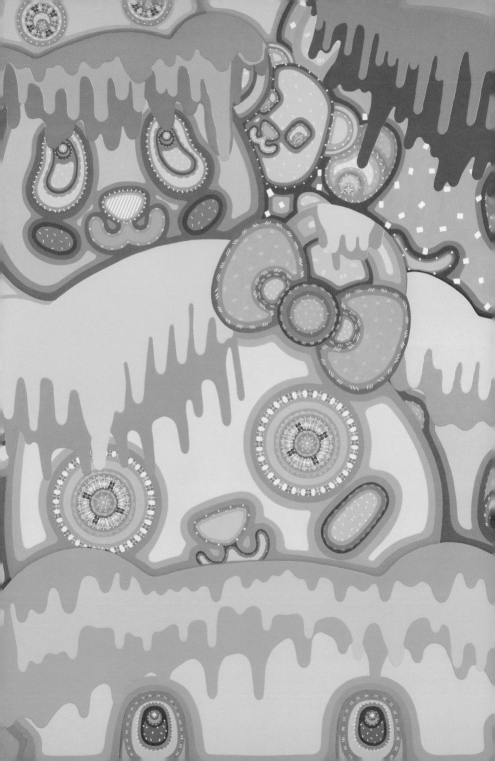

My Soulmate Lucky Bear

3. 소울메이트 럭키 베어

'이런 기분이구나.'

언제였더라. 잠수부들이 쓰는 물안경처럼 커다란 VR(Virtual Reality) 고글을 쓰고 가상현실 게임을 한 적이 있었다. 가상현실 속에서 놀이기구를 타는 게임이었다. 실제로는 그 자리에 서있었지만, 진짜 무서운 놀이기구를 타고 있는 것처럼 몸을 앞뒤로 움직이고 손을 휘저으며 비명을 질렀던 기억이 떠올랐다.

(내 말이 들리긴 하는 거야?)

"네, 쌤. 아주 아주 잘 들리니까 걱정 마세요."

내 말이 들린다니 그나마 다행이긴 하지만. 답답한 건 어쩔 수 없었다. 마치 검은 네모상자 안에서 VR 고글을 쓰고 있는 것처럼, 난 지금 소녀의 몸속에 갇혀 꼼짝달싹할 수 없는 신세가 되고 말았다.

가상현실 게임과 달리 몸에 대한 느낌은 없었다. 마치 꿈속에서 움직이는 것처럼 의식의 흐름만 있을 뿐이었다. 하지만 생생하게 살아있는 내 의식은 분명 경이로움을 느끼고 있었다. 육체는 소녀의 몸에 갇혀 있었지만, 소녀의 눈을 통해 보는 원더랜드는 정말 환상적이었다. 마치 정오의 햇살을 받아 사방으로 빛을 반사하는 호수처럼, 소녀의 망막에 비치는 원더랜드는 셀 수도 없이 많은 빛과 컬러로 빛나고 있었다.

(그런데, 내 말이 밖으로도 들리는 거야?)

"그건 아니에요. 쌤 목소리는 저만 들을 수 있어요."

(알겠어. 하는 수 없지, 뭐….)

난 살짝 풀이 죽은 채로 다시 원더랜드를 살펴보았다. 상황은 생각보다 심각했다. 그토록 아름답고 영롱한 컬러로 반짝이던 원더랜드가 폭격을 맞은 것처럼 군데군데 까맣고 흉측하게 변해 있었다. 너무 놀라 입을 다물지 못하고 있었는데, 소녀의 다급한 목소리가 들려왔다.

"어, 저기 있어요."

소녀가 화들짝 놀라며 손가락을 앞으로 뻗었다. 난 소녀의 손가락이 가리키는 곳을 바라보았다. 소녀의 말처럼, 까맣게 변해버린 물결 모양의 상상무지개 잔해 뒤에 풀 죽은 모습으로 앉아 있는 작은 형상이 있었다. 그런데, 그 형상은 외눈박이 몬스터가 아니었다. Lucky Bear였다.

(이상하다. 왜 외눈박이 몬스터가 아니지? 어서 가보자.)

소녀는 고개를 끄덕이며 Lucky Bear에게 다가갔다.

소녀의 눈을 통해 보는 원더랜드는 정말 환상적이었다.

마치 정오의 햇살을 받아 사방으로 빛을 반사하는 호수처럼,

소녀의 망막에 비치는 원더랜드는

셀 수도 없이 많은 빛과 컬러로 빛나고 있었다.

Wonderland, 64x64cm, acrylic on wood, 2023

"미안해."

Lucky Bear는 모든 게 자기 잘못이라도 되는 양 고개를 떨구었다.

방금 전 소녀를 만나 한참 동안 부둥켜안고 이야기를 쏟아내고 난 뒤였다.

Lucky Bear의 말은 이랬다. 원더랜드가 엉망진창이 돼버린 날. 그러니까 소녀한테 원더랜드에 심각한 문제가 생겼다는 말을 들은 뒤, 곧바로 외눈박이 몬스터를 찾아왔다고 했다. 평소처럼 외눈박이 몬스터를 꼭 안고 시선을 맞추며 고민을 들어주려고 했지만, 외눈박이 몬스터는 평소와 달리 고민도 얘기하지 않고 어디론가 떠나가 버렸다고 했다.

꽤 기특했다. Lucky Bear가 그냥 소녀를 떠난 게 아니라, 나름 위기에 빠진 원더랜드를 구하기 위해 가출을 감행한 셈이었으니까.

"아니야, Lucky Bear. 너의 잘못이 아니야."

소녀의 위로에도 Lucky Bear는 떨군 고개를 쉽사리 들지 못했다.

"그렇지만…. 이건 내 일인걸."

"어쩔 수 없는 일이야. 너도 최선을 다했으니까."

"아냐, 아냐. 난 이제 원더랜드에서 살아갈 자격이 없어."

소녀의 위로에도 Lucky Bear는 연신 고개를 좌우로 흔들었다. 난 잘 이해가 되지 않았다. Lucky Bear는 나름 원더랜드를 구하기 위해 최선을 다했는데, 원더랜드에서 살아갈 자격이 없다니. 도무지 이해할 수 없는 말이었다. 책임이 있다면 원더랜드의 창조자인 나에게 있던가, 아니면 최소한 관리자인 소녀에게 있다고 생각하는 게 더 타당했다.

(왜 그래? 무슨 일이야?)

내 목소리가 밖으로 들리지 않는다는 점. 들어 알고 있었지만, 혹시나 몰라 작은 목소리로 소녀에게 물었다.

"Lucky Bear! 잠깐만 이거 보고 있어 줄래. 네가 좋아하는 옐로우 요술봉이야. 한결 기분이 나아질 거야."

소녀는 가방에서 곰돌이 모양의 옐로우 요술봉을 꺼내 Lucky Bear에게 건네고 뒤돌아섰다. 그리곤, 진짜 속삭이듯 말했다.

"원래, Lucky Bear가 원더랜드에서 하는 일이 몬스터 친구들을 꼭 안아주면서 그들의 하찮으면서도 소중한 이야기를 들어주는 거거든요. 근데 좀 전에 Lucky Bear가 외눈박이 몬스터를 꼭 안아주었는데도 아무 말도 하지 않았다고 했잖아요. 그래서 Lucky Bear가 지금 매우 속상해하고 있는 거예요. 자기가 해야 할 일을 못 했으니까요."

(아하, 그런 거였구나. 그럼 걱정하지 말라고 해. 틀림없이 외눈박이 몬스터한테 무슨 말 못 할 사정이 있었을 테니까.)

내 말을 들은 소녀는 다시 돌아서 Lucky Bear에게 말했다.

"너무 걱정하지 마, Lucky Bear. 외눈박이 몬스터한테 분명 말 못 할 사정이 있었을 거야. 원래 누구나 말 못 할 사정은 있기 마련이잖아. 그리고 말야…"

갑자기 소녀가 말을 멈췄다. 그러곤, Lucky Bear에게 귓속말을 건넸다. 그러자 Lucky Bear의 표정이 한결 밝아졌다. 그러더니 신기한 일이 벌어졌다. 원래 작고 파랬던 Lucky Bear의 몸이 스멀스멀 색이 변하면서 커지기 시작하더니 비눗방울이 퐁퐁 터져 나오는 것처럼 노랑, 초록, 핑크 색깔의 또 다른 Lucky Bear가 몽글몽글 모습을 드러내기 시작했다.

Lucky Bear의 표정이 한결 밝아졌다.

그러더니 신기한 일이 벌어졌다.

원래 작고 파랬던 Lucky Bear의 몸이 스멀스멀 색이

변하면서 커지기 시작하더니 비눗방울이 퐁퐁 터져 나오는

것처럼 노랑, 초록, 핑크 색깔의 또 다른

Lucky Bear가 몽글몽글 모습을 드러내기 시작했다.

Wonderland, 95x121cm, acrylic on wood, 2023

Wonderland, 64x64cm, acrylic on wood, 2023

난 깜짝 놀라 소녀에게 물었다.

(어떻게 된 일이야? 혹시, Lucky Bear가 분신술이라도 쓰는 거야?)

소녀가 다시 뒤로 돌아서 속삭이듯 말했다. 혹시라도 Lucky Bear 가 들을세라. 배려하는 마음이 꽤 예뻐 보였다.

"그게 아니라요. Lucky Bear는 기분이 좋으며 저렇게 돼요. 기분 이 나쁘면 몸이 작아지고, 기분이 좀 나아지면 색깔이 변하면서 몸 이 점점 커져요. 자주 있는 일은 아니지만, 방금 전처럼 깜짝 놀라 거나 너무 기분이 좋으면 몸이 여러 개가 되기도 해요."

(대체 귓속말로 무슨 말을 했길래?)

"원더랜드를 창조한 쌤이 제 몸 안에 있다고 했어요."

(뭐, 뭐라고? 그래도 상관없는 건가?)

"그럼요. 제 베픈걸요."

(그, 그럼 뭐…….)

딱히 할 말이 없어 얼버무리며 말끝을 흐렸다. 그러자 Lucky Bear의 목소리가 튀어나왔다. 짧지만 단호한 목소리였다.

"나도 같이 갈래."

소녀는 깜짝 놀라 가뜩이나 크고 반짝이는 눈을 껌뻑였다.

"잠시만 기다려줄 수 있어?"

그러더니, 다시 나를 향해 돌아서 속삭이듯 말했다.

"쌤! Lucky Bear도 같이 외눈박이 몬스터를 찾으러 가겠다는데요?"

(음…, 나쁘지 않은 생각 같은데. 누구든 힘을 합치면 좋은 일이 일어나기 마련이니까.)

"알겠어요. 그럼 그렇게 말할게요."

(잠깐만. 근데 말야. Lucky Bear한테 내가 몸 안에 있다고 말했으면, 이제 그만 돌아서서 속삭이듯 말하지 않아도 되지 않아?)

"아, 그런가!"

소녀가 겸연쩍은 듯 머리를 긁적였다. 그리고 쌩긋 웃으며 Lucky Bear에게 말했다.

"네가 그렇게 해줄 수 있다면 쌤도 너무 행복할 것 같다고 하시네. 원더랜드는 모두가 함께 행복해야 하는 곳이라고 하시면서."

예쁜 말까지 보태서 내 말을 전달하는 소녀. 오물거리는 소녀의 핑크빛 입술이 프러포즈하는 사람의 그것처럼 달콤하고 사랑스러웠다.

Wonderland

예쁜 말까지 보태서 내 말을 전달하는 소녀.

오물거리는 소녀의 핑크빛 입술이 프러포즈를 하는

사람의 그것처럼 달콤하고 사랑스러웠다.

Wonderland, 64x64cm, acrylic on wood, 2023

Wonderland, 77x95cm, acrylic on wood, 2024

We're not Monsters.

4. 우리는 몬스터가 아니랍니다.

(이상하다. 왜 안 보이지?)

"저도 잘 모르겠어요. 상상하면 보이는 게 정상인데 말이에요."

아까와는 영 상황이 달랐다. 아무리 눈을 감고 상상해도 외눈박이 몬스터의 모습이 보이지 않았다.

소녀의 몸 안에 있어서 그런가?

빼꼼, 소녀의 눈밖에 펼쳐진 세상을 살펴보았지만. 마찬가지였다. 어디에도 외눈박이 몬스터는 보이지 않았다. 소녀도 이해할 수 없다는 듯 연신 고개를 갸웃거렸다.

"Lucky Bear, 정말 이상하지 않아? 상상하는데도 보이지 않다니 말야."

"맞아. 정말 이상한 일이야. 원더랜드에선 상상하면 누구든 보여야 하잖아."

소녀의 눈처럼 크고 반짝이지는 않았지만. Lucky Bear도 나름 눈을 껌뻑이며 고개를 끄덕였다. 난 여전히 이해가 되지 않아 소녀에게 되물었다.

(그런데, 상상하면 누구든 보여야 한다는 Lucky Bear의 말이 무슨 뜻이야? 상상하면 보이는 건 너 혼자만의 능력 아니었어?)

"아뇨, 아뇨. 제 눈이 반짝이는 별 조각들이 빼곡하게 모여 있는 우주처럼 커다랗고 영롱하게 빛나는 건 맞지만. 원더랜드에서는 모두가 상상하고 꿈을 꿔요. 지구에서 숨을 쉬어야 살아갈 수 있는 것처럼, 원더랜드에서는 상상을 해야 살아갈 수 있거든요."

흠흠……. 상상해야 살아갈 수 있다? 문득 불길한 예감이 머릿속을 스쳤다.

(…호옥시. 혹시 말야, 외눈박이 몬스터가 상상하는 걸 멈춰버린 게 아닐까?)

"네에? 그런 끔찍한 일이…."

소녀는 믿을 수 없다는 표정으로 목소리를 높였다.

"그러면 정말 큰 일이에요. 외눈박이 몬스터가 상상을 멈춰버리면 원더랜드에 사는 몬스터 가족들 모두가 상상을 멈춰버릴지도 모르거든요."

(몬스터 가족이 모두 상상을 멈춰버린다고?)

갈수록 심각해지는 원더랜드의 상황에 어쩔 줄 몰라 두 눈만 껌뻑이는데. 소녀가 친절하게 몬스터 가족에 대한 이야기를 들려주었다.

"몬스터 가족들은 원더랜드에 사는 사람들 모두가 마음껏 상상하고 호기심을 가질 수 있도록 도와주는 일을 해요. 물론 하는 일은 각기 다르지만요. 아시다시피 외눈박이 몬스터는 꽃에 물주기. 상상무지개 발사하기. 주변 청소하기. 밤하늘을 몽글몽글한 솜사탕같이 포근하면서도 오색찬란한 빛으로 수놓는 별과 달 출근시키기 같은 일을 하고요. 다른 몬스터는 우스꽝스러운 모습으로 변신해서 재미있는 이야기 들려주기도 하고, 또 다른 몬스터는 춤추며 흥을 돋우거나 신나는 노래를 들려주기도 해요. 참, 잠을 자면서 다른 친구들이 꿈을 꾸게 해주는 엄청난 능력의 몬스터도 있어요! 이게 다 다른 친구들이 마음껏 상상할 수 있도록 돕는 일이에요."

(…히야. 몬스터 가족은 정말 많은 일을 하는구나.)

소녀의 말을 듣고 있으니, 몬스터 가족이 정말 대단하고 특별하게 느껴졌다. 그렇다고 소녀와 Lucky Bear가 특별하지 않다는 건 아니었다. 원더랜드에 무슨 일이 있는지 관찰하는 일도, 다른 친구와 시선을 맞추고 말을 들어주는 일도 모두 대단하고 특별한 일이니까.

(그런데 외눈박이 몬스터가 상상하지 않으면 가족이 모두 상상하지 않게 된다는 건 무슨 말이야?)

"아, 참! 그 말을 하려고 했었지. 죄송해요. 제가 요즘 좀 깜빡깜빡하거든요. 몬스터 가족은 낮에 열심히 일을 하고 밤에는 빨간색 하트 모양의 마음주머니에서 함께 살아요. 마음주머니에 있으면 서로의 마음이 전해지거든요. 기쁜 마음이든, 슬픈 마음이든.

그래서 외눈박이 몬스터가 상상하지 않게 되면 모두에게 그 마음이 전해진다는 거였어요."

흠흠……. 마음주머니가 정확히 뭔진 몰라도, 심각한 상황인 건 분명해 보였다. 빨리 외눈박이 몬스터를 찾아 문제를 해결하지 않으면 원더랜드에서 상상력과 호기심이 모두 사라질지도 모를 일이었다.

그때, 잠자코 있던 Lucky Bear가 불쑥 입을 열었다.

"아무도 없는 곳으로 가고 싶다고 했어."

"아무도 없는 곳?"

"응. 아까, 내 곁을 떠날 때 '아무도 없는 곳으로 가버릴 거야.' 하고 외눈박이 몬스터가 중얼거리는 소리를 들었거든."

"그랬구나."

소녀는 미간을 찌푸리고 입술을 뾰족 내밀었다. 아무도 없는 곳이 어딘지 골똘히 생각하는 모양이었다. 톡톡톡, 손가락 끝으로 보조개를 두드리던 소녀가 갑자기 '유레카'를 외치는 아르키메데스 왕처럼 손뼉을 치며 소리쳤다.

"아, 맞다. 호기심 샘물. 그곳에 갈 수 있는 건 외눈박이 몬스터 뿐이야. 그러니까 외눈박이 몬스터는 호기심 샘물로 갔을 거야."

Wonderland

몬스터 가족은 마음주머니에 함께 살아요.

마음주머니에 있으면 서로의 마음이 전해지거든요.

기쁜 마음이든, 슬픈 마음이든.

Wonderland, 150x116cm, acrylic on wood, 2023

(여기가 맞는 거야?)

"네, 맞아요. 분명 여기가 호기심 샘물이에요."

호기심 샘물은 작은 연못이라고 했다.

빨주노초파남보. 알록달록 무지개색 물이 수채화 물감처럼 뒤섞여 있는 작고 동그란 연못. 하지만 무지개색 물도, 연못도 없었다. 그저 바짝 말라 흉측하게 변해버린 진흙 구덩이뿐이었다.

탁탁- 톡톡-

소녀는 말라붙은 진흙 구덩이 바닥을 발끝으로 눌러 보았다.

"원래 이렇게 하면 예쁜 색깔의 무지개색 물이 분수처럼 솟아나거든요. 외눈박이 몬스터가 하는 걸 매일 봐서 알아요."

하지만, 그런 일은 일어나지 않았다. 대신 뿌연 흙탕물만 삐질삐질 새어 나올 뿐이었다.

이곳은 외눈박이 몬스터만 올 수 있는 곳이기에 Lucky Bear는 혼자 집으로 돌아가야 했지만, 이곳으로 오는 내내 기대감으로 가득 차 있었다. 하지만 기대가 너무 컸던 걸까? 눈앞에 닥친 현실은 흙탕물만큼이나 혼탁하기만 했다.

"이젠 어떡해야 할까요?"

"흑흑흑."

소녀가 울상을 지으며 말했다.

(그래도 우는 건 좋지 않아. 반드시 다른 방법이 있을 테니까.)

"그럼요. 안 울어요. 아직 해야 할 일이 많은 걸요."

소녀는 다짐하듯 아랫입술을 꼭 깨물었다.

"흑흑흑."

그런데, 또다시 흐느끼는 소리가 들렸다. 이상하게 생각돼, 주변을 둘러보니 소녀의 울음소리가 아니었다. 소리의 진원지는 말라 검게 변해버린 풀숲 뒤쪽이었다. 소녀의 시선이 풀숲 뒤쪽으로 향했고, 바닥에 누워 멍하니 하늘만 바라보는 외눈박이 몬스터가 보였다. 처음 상상 속에서 목격했던 바로 그 모습이었다. 난 소녀를 재촉했다.

(외눈박이 몬스터가 있어. 어서, 가보자.)

소녀는 고개를 끄덕이며 외눈박이 몬스터가 있는 쪽으로 부지런히 발걸음을 옮겼다.

호기심 샘물은 작은 연못이라고 했다.

빨주노초파남보. 알록달록 무지개색 물이

아크릴 물감처럼 뒤섞여 있는

작고 동그란 연못.

Wonderland, 77x95cm, acrylic on wood, 2023

"안녕. 방해되지 않는다면 뭐 좀 물어봐도 될까?"

"흑흑흑."

하지만, 외눈박이 몬스터는 소녀를 등지고 누운 채 흐느끼기만 할 뿐이었다.

"얘기는 들었어. Lucky Bear가 꼭 안아주며 시선을 맞추었는데도 고민을 얘기하지 않았다면서?"

"……."

"네가 고민을 얘기하지 않아서 Lucky Bear도 엄청 상심했단 말이야. 자신이 쓸모없어진 게 아닌가 하고 말야."

역시 대답을 하진 않았다. 하지만, 그건 사실이 아니라는 듯 고개를 설레설레 흔들었다.

"그것뿐이 아냐. 미안하지만, 외눈박이 몬스터야. 네가 상상무지개를 만들지 않는 바람에 원더랜드에 상당한 위험이 닥치고 있어."

움찔. 외눈박이 몬스터가 경련하듯 몸을 움찔거렸다. 아닌 척했지만, 소녀의 말을 귀담아듣고 있는 모양이었다.

"혹시 성실히 일하지 않는 너의 행동이 Rule 6를 어기는 일이란 생각 안 해봤어?"

외눈박이 몬스터가 벌떡 몸을 일으켜 세웠다. Rule 6를 어기는 일이란 말을 들은 직후였다. 그러자 검게 변했던 외눈박이 몬스터의 눈이 반짝거렸다. 알록달록 다양한 크기와 색깔의 원반을 겹쳐 놓은 것 같은 눈이었지만 이번에도 말을 하지 않았다.

"한 번 둘러봐봐. 원더랜드가 얼마나 엉망진창이 돼버렸는지."

말 잘 듣는 아이처럼, 외눈박이 몬스터는 눈을 반짝거리며 호기심 샘물 주변을 둘러보았다. 크기가 다른 홀라후프를 포개놓은 것처럼 형형색색인 외눈박이 몬스터의 눈에 황폐하게 변해버린 원더랜드 가 틀어박혔다. 그러자 얼굴 한가운데 박혀 있는 커다란 눈에 검은 눈물이 맺혔다.

"흑흑흑."

외눈박이는 계속 울고 있었지만, 소녀는 예의를 갖추면서도 단호한 말투를 유지하고 있었다. 이곳으로 오기 전 당부를 해둔 터라, 자신 의 몸 안에 내가 있다는 말은 하지 않았지만. 원더랜드 관리자답게 또박또박 자신이 할 일을 해나가고 있었다.

"그것뿐만이 아냐. 혹시라도 마음주머니에 사는 다른 친구들한테 마음이 전해지면 원더랜드에 끔찍할 정도로 큰일이 닥칠지도 모른 단 말야."

그제야, 사태의 심각성을 눈치챘는지 외눈박이 몬스터가 울음을 그치고 입을 열었다.

"난, 그냥…. 좀 더 대단한 일을 하고 싶었단 말이야."

대단한 일을 하고 싶었다고? 난 이해할 수 없었다. 원더랜드에 상상무지개를 만들고, 밤을 환상의 세계로 만들어 주는 달과 별을 깨워 출근시키고, 꽃에 물을 주고 주변을 청소하는 일. 그래서 다른 친구들이 아름다운 원더랜드를 보며 마음껏 상상할 수 있게 하는 일보다 더 대단한 일이 있을까 싶은데. 외눈박이 몬스터는 지금 대단한 일을 하고 싶다고 투정하는 중이었다.

난 소녀에게 말했다.

(외눈박이 몬스터에게 충분히 대단한 일을 하고 있다고 말해줘.)

"넌 충분히 대단한 일을 하고 있어."

"아니, 아니. 난 그냥 원더랜드의 껍데기만 만들 뿐인걸. 다른 친구들처럼 서로를 꼭 안아주지도 못하고, 재미있는 이야기를 들려주지도 못하잖아. 그러니까 아무도 내 마음을 알아주지 않아."

아하. 이제야 알 것 같았다. 외눈박이는 친구들에게 인정받고 싶은 것이었다. 원더랜드를 아름답게 만드는 일이 소중하지만. 물, 공기, 햇빛에게 고맙다고 말하지 않는 것처럼, 아무도 고맙다고 얘기해 주지 않는 것에 마음이 상했던 모양이었다.

난 다시 소녀에게 말했다.

(외눈박이 몬스터의 손을 잡아줄 수 있어?)

소녀가 고개를 끄덕였다.

(체온이 전달되도록 손을 꼭 잡고 눈을 바라보며 내 마음을 전해줘.)

소녀는 다정한 눈빛으로 외눈박이 몬스터의 손을 잡고 내 말을 따라 했다.

"외눈박이 몬스터야. 네가 거리를 청소하지 않는다면 아무도 기분 좋고 상쾌한 아침을 맞이하지 못할 거야. 네가 꽃에 물을 주지 않으면 꽃들은 금세 시들어 버릴 테고. 상상무지개를 만들지 않았다고 생각해 봐. 아무도 무지개 너머에 어떤 세상이 있는지 상상하지 못할걸. 별과 달이 없는 밤은 생각만 해도 끔찍하고. 그러니까 네가 하는 일은 누구 못지않게 충분히 대단한 일이야."

소녀의 말을 듣던 외눈박이 몬스터의 표정이 잠깐 밝아졌다. 하지만 자신을 부정하듯 이내 고개를 가로로 흔들었다.

"그래도 모두가 날 싫어할 거야. 난 눈이 하나밖에 없는 흉측한 괴물이니까."

순간, 외눈박이 몬스터의 몸에 어린 소녀의 모습이 오버랩 됐다. 그건 세상 모든 게 신기하고 예쁘기만 했던 과거의 내 모습이었다.

'그때의 나.' 친구들이 밉다고 말했던 모든 게 사랑스러웠다. 왜 그런지는 알 수 없었다. 어쩌면 아메바를 닮았다는 친구의 말을 듣고나서부터인지는 모르지만. 난 이상하리만치 다른 친구들이 밉다고 말하는 동물들이 사랑스러웠다. 길 가다 마주친 커다랗고 더러운 쥐를 보며 '안녕'하고 인사를 했고, 아빠가 큰 뱀을 몸에 걸어줘도 무섭지 않았다. 친구가 되고 싶어 비둘기를 따라간 적도 있었다. 실제로 개구리, 앵무새, 병아리 같은 동물을 키웠고, 영화에 나오는 좀비랑 우주 괴물을 보며 진심으로 친구가 되고 싶었다.

그리고. 그때의 나를 떠올리며 원더랜드를 처음 그리던 그 시절을 되새겨보았다. 내가 그린 원더랜드와 4차원 세계에 존재하는 원더랜드. 이건 분명 내 동심의 발현이었다. 그렇다면 외눈박이 몬스터 또한 내 동심의 편린(片鱗)들일 거였다.

생각을 정리한 뒤 다시 한번 소녀에게 말했다.

(내 마음을 잘 전해줘.)

"나는 네가 조금도 흉측해 보이지 않아. 아니 세상에서 가장 개성 넘치고 아름다워 보이거든. 너도 마음의 눈을 열고 상상해 봐. 네가 얼마나 아름다운지. 여긴 상상력과 호기심이 가득한 원더랜드잖아. 모든 사람이 똑같은 모습이라면, 그거야말로 정말 끔찍할 거야. 너는 세상에서 가장 아름답고 독특하고, 개성 넘치는 세상에 단 하나뿐인 외모를 가지고 있는 거야."

그러자 큰 눈을 깜빡이며 소녀의 말을 듣던 외눈박이의 몸 색깔이 원래의 색처럼 아름답게 변하기 시작했다.

이때다 싶어, 난 소녀에게 소리쳤다.

(어서, 요술봉을 꺼내.)

소녀는 고개를 끄덕이며 가방에서 핑크색 요술봉을 꺼내 들었다.

(내 말을 잘 전해줘.)

"그동안 미안했어. 세상에서 단 하나뿐인 너한테 그냥 몬스터라고 불러서. 하지만 이제부터 이름을 불러줄게. 세상에 단 하나뿐인 너한테 딱 어울리는 이름. 이제부터 넌 외눈박이 몬스터가 아니라 Shooting Star야. 밤하늘을 아름답고 밝게 빛나게 만드는 별 Shooting Star."

소녀가 몸을 360도로 회전하며 요술봉을 휘둘렀다. 그러자 외눈박이, 아니 Shooting Star의 몸이 스르륵 녹아내리기 시작했다. 아이스크림처럼 달콤하고 솜사탕 부드러운 무언가가 정수리 위에서부터 흘러내리더니 순식간에 얼굴을 뒤덮었다.

슈웅-

갑자기 Shooting Star가 하늘로 날아올랐다. 그가 지나간 하늘에는 오색찬란한 상상무지개가 피어났고, 말라붙었던 호기심 샘물에선 빨주노초파남보 무지개 분수가 솟구치듯 솟아올랐다.

갑자기 Shooting Star가 하늘로 날아올랐다.

그가 지나간 하늘에는 오색찬란한 상상무지개가 피어났고,

말라붙었던 호기심 샘물에선 빨주노초파남보

무지개 분수가 솟구치듯 솟아올랐다.

Wonderland, 99x99cm, acrylic on wood, 2023

"다행이에요."

언덕 위 소녀의 집. 침대 위에 곤히 잠든 소녀를 꼭 끌어안은 Lucky Bear가 속삭이듯 말했다.

"그러게 말이야."

나도 덩달아 목소리를 낮추며 고개를 끄덕였다.

드르렁- 푸후우-

혹시라도 잠에서 깰까, Lucky Bear와 나는 목소리를 한껏 낮췄지만. 그러거나 말거나 소녀는 코까지 골며 신나게 꿈나라를 여행하는 중이었다.

정말 다행이었다. 늦지 않게 Shooting Star의 고민을 해결한 덕분에 마음 주머니를 통해 다른 몬스터들까지 상상하지 않게 되는 심각한 상황을 피할 수 있었다. 그리고 또 하나 정말 다행인 건 밤이 돼 소녀의 몸에서 나왔다는 점이었다. 덕분에 지금 이렇게 Lucky Bear와 함께 소녀의 집에서 도란도란 얘기를 나눌 수 있었다. 원더랜드가 모두 원래대로 돌아온 건 아니었지만. 소녀의 몸속에 갇혀 있던 내 몸도, 까맣게 변해버린 상상무지개도, 별과 달도 모두 원래의 영롱한 색을 되찾게 된 건 여러모로 고무적인 일이 아닐 수 없었다. 하지만 나아진 상황과 달리 Lucky Bear의 표정은 그리 밝지 않았다.

"혹시 나랑 떨어져 있을 때 무슨 일이 있었던 거야? 표정이 왜 그렇게 안 좋아?"

"몬스터 친구가 말을 하지 않아서요."

"몬스터 친구가 말을 하지 않는다고? 그 친군 또 누군데?"

"늘, 제 몸에 딱 붙어 있는 몬스터 친구가 있거든요. 우리는 그냥 파도입술 몬스터라고 부르는데 원더랜드에 처음 이상이 생긴 날 사라졌다가. 아까 낮에, 그러니까 상상무지개가 다시 색을 찾으면서 제 곁으로 돌아왔어요. 그런데 평소랑 다르게 말이 없어졌어요. 무척이나 재밌는 얘기를 잘하는 친군데."

"그래? 이상한 일이네. 파도입술 몬스터가 평소에 어떤 말 하는 걸 좋아했는데?"

"동화책이랑 동시 읽기를 워낙 좋아해서 자기가 읽은 책 얘기를 해주기도 하고, 재밌는 얘기를 꾸며내는 것도 좋아해서 상상 속 이야기를 들려주기도 해요. 우리는 파도입술 몬스터 얘기를 들으면서 기분이 좋아지고, 괜히 웃음이 나오곤 해요."

"음…. 많이 속상했겠구나. 그럼, 내일 같이 파도입술 몬스터 친구를 만나러 가볼까?"

"정말요? 고맙습니다. 그럼, 저도 이만 잠자리에 들어야 할 것 같아요. 소녀에게 무지갯빛 에너지를 보충해줘야 하거든요."

그렇게, 한시름 놓은 Lucky Bear도 소녀 옆에 누워 금세 잠이 들어버렸다.

난 나란히 누워 꿈나라를 여행하는 소녀와 Lucky Bear의 모습을 보며 생각해 보았다.

정말 놀라운 하루였다. 내가 창조한 세상 원더랜드가 4차원 세계에 그대로 존재한다는 것도 놀라웠고, 소녀의 몸에 들어가 그 세계를 바라본 것도 놀라웠다. 한마디로 모든 게 놀라웠다. 하지만 가장 놀랍고 확실히 깨달은 사실이 있었다.

이곳 원더랜드는 분명 내 창조한 세상이라는 점. 그리고 내가 원더랜드를 창조할 때 떠올렸던 동심과 무관하지 않다는 점이었다. 그건 외눈박이 몬스터, 아니 Shooting Star를 통해 분명히 확인한 사실이었다. 모르긴 몰라도 파도입술 몬스터가 말을 하지 않는 것도 나의 동심과 무관하지 않을 거였다. 물론, 내일 일은 또 내일이 돼봐야 알 수 있겠지만.

동화책이랑 동시 읽기를 워낙 좋아해서 자기가 읽은 책

얘기를 해주기도 하고, 재밌는 얘기를 꾸며내는 것도

좋아해서 상상 속 이야기를 들려주기도 해요.

우리는 파도입술 몬스터 얘기를 들으면서

기분이 좋아지고, 괜히 웃음이 나오곤 해요.

Wonderland, 53x53cm, acrylic on wood, 2023

"어? 정말 딱 달라붙어 있네."

다음 날 아침. 어디서 나타났는지 정말 입술이 파도처럼 꾸불꾸불한 몬스터가 Lucky Bear의 어깨에 자석처럼 붙어 있었다.

"안녕, 파도입술 몬스터."

"반가워, 파도입술 몬스터. 이야기 많이 들었어. 너는 정말 재밌는 이야기를 잘할 것 같은 입술을 가졌구나."

"……."

소녀와 내가 차례로 인사를 건넸지만 파도입술 몬스터는 인사도 대답도 하지 않았다. 그저 검게 변한 얼굴로 우리를 바라볼 뿐이었다.

'확실히, 이 아이에게도 무슨 일이 있나 보네.'

난 일부러 Lucky Bear에게서 몇 발자국 떨어져 소녀에게 귓속말을 했다. 혹시라도 내 말을 듣고 기분이 나빠져 영영 말을 하지 않을까 하는 걱정 때문이었다.

"원래, 재밌는 얘기를 잘하는 친구라며?"

"네, 맞아요. 평소에 쉬지도 않고 말을 하는 친구에요."

"그런데, 왜 그렇게 말을 하지 않게 됐는지 알아?"

"모르겠어요. 파도입술 몬스터의 저런 모습은 처음 보거든요."

"그럼 어떻게 해야 한담? 말을 하지 않으니 무슨 일인지 알 수가 없잖아."

"음…, 방법이 있긴 해요."

"어 정말? 무슨 방법인데?"

"마음의 소리를 들으면 알 수 있죠. 무슨 문제가 있는지."

"마음의 소리? 그걸 어떻게 하면 들을 수 있는데?"

"제 눈 속으로 들어와 상상하면 마음의 소리를 들을 수 있어요. 상상의 힘은 꽤나 대단하거든요."

"뭐어? 또 네 몸속으로 들어가야 한다고?"

나도 모르게 투정 비슷한 말을 뱉어버리고 말았다. 또다시 소녀의 몸속으로 들어가야 한다는 게 답답해서였다. 하지만 이내 마음을 고쳐먹었다. 지금 그런 걸 따지고 있을 때가 아니니까.

"좋아, 한 번 했는데 두 번은 못할까."

난 아랫입술을 꼭 깨물고 비장한 표정으로 소녀의 커다란 눈동자에 시선을 고정했다.

"자, 그럼 시작할게요."

끄덕. 소녀의 손을 꼭 잡은 채 고개를 끄덕였고. 잠시 후, 바람 소리와 함께 소녀의 크고 반짝이는 눈 속으로 스르륵 빨려 들어갔다.

Wonderland

제 눈 속으로 들어와 상상을 하면 마음의 소리를

들을 수 있어요. 상상의 힘은 꽤나 대단하거든요.

Wonderland, 116x150cm, acrylic on wood, 2023

"…이게 도대체."

어제와 또 달랐다.

소녀의 몸 안으로 빨려 들어가는 순간. 내가 한 일이라곤 그저 눈을 감고 파도입술 몬스터의 목소리를 상상한 것뿐이었다. 하지만 상상의 힘은 실로 위대했다. 소녀의 몸 안은 동굴처럼 깜깜했지만. 그래서 더 선명하게 파도입술 몬스터의 모습이 보였고. 그래서 더 생생하게 파도입술 몬스터의 목소리가 들렸다. 마치, 전후좌우 사방이 스크린으로 둘러싸인 I-MAX 영화관에 온 것 같았다. 360도로 나를 에워싸고 있는 대형 스크린에서 파도입술 몬스터가 주인공인 영화가 상영되고 있는 것 같았다.

그런데 그게 다가 아니었다.

그 영화 안에는 어린 시절 '그때의 나'와 원더랜드의 창조자인 '지금의 내'가 차례로 등장하며 파도입술 몬스터와 이야기를 하고 있었다. 아니 정확히 얘기하면 이야기를 나누는 게 아니었다. 시시때때로 파도입술 몬스터와 오버랩 되며 상상과 현실, 과거와 현재, 시간과 공간의 경계를 오가고 있었다.

"옛날 어느 나라에 마음 착한 백설 공주가 살았어. 공주의 새엄마인 못된 왕비는…."

그때의 나. 친구들에 둘러싸여 이야기하고 있었다.

상상무지개처럼 알록달록 화려한 색깔의 옷을 입고 이리저리 친구들의 얼굴을 번갈아 살피며 신나게 수다를 떨고 있었다. 이쪽 교실, 저쪽 교실. 1반부터 13반까지 순회공연을 하듯 반을 옮겨 가며 이야기를 들려주고, 동시도 낭독해 주었다. 뭐가 그렇게 신이 나는지, 그때의 내 얼굴엔 웃음꽃이 한가득이었다.

하지만 시간이 지나 밤이 되자, 주변의 친구들은 모두 사라지고 어느새 어른이 되어 있었다. 시계를 보니 새벽 3시. 얘기를 들어 줄 친구들은 아무도 없었고. 지금의 나. 홀로 붓을 들고 캔버스 앞에 앉아 독백하듯 중얼거렸다.

"얘는 원더랜드에 사는 몬스터 중에서도 말하는 것을 가장 좋아하는 아이야. 마치 초등학생 때 나처럼. 말을 많이 하니까 입술도 파도처럼 꾸불꾸불하고, 재밌게 이야기를 듣고 싶은 친구들과 늘 함께 있지."

지금의 나. 캔버스에 파도입술 몬스터를 그려 넣으며 혼자 중얼거렸다. 그러자 캔버스에 있던 파도입술 몬스터가 캔버스 밖으로 삐쭉, 고개를 내밀며 지금의 나에게 물었다.

"그러면 나는 혼자 있을 수 없는 거예요?"

주위를 두리번거리는 파도입술 몬스터. 다른 친구의 몸에 붙어 있는 자신의 모습을 보며 표정이 일그러졌다.

"넌 혼자 있을 수 없는 게 아니야. 너의 이야기를 필요로 하는 사람이 많아서 늘 친구들과 같이 있는 것뿐이지."

"하지만요. 어찌 됐든, 혼자 있을 수 없는 건 너무 속상한걸요."

"음…, 어떤 게 나을지 생각해 봐. 함께하고 싶어도 함께할 친구도 시간도 없는 거랑, 언제나 친구들과 함께 있는 거랑."

지금의 나. 훈계하듯 파도입술 몬스터에게 말했다. 그런데 그 모습을 지켜보는 내가 괜히 가슴이 뜨끔했다. 그건 나에게 한 말인지도 몰랐다. '과거의 나'와 '지금의 나'. 그리고 영화를 보듯 그 상황을 지켜보는 '나'. 모두 즐겁게 얘기하는 것을 좋아했다. 하지만 원더랜드를 그리고 나서부터는 그럴 수 없었다. 그림쟁이의 언어는 그림이기에, 모든 걸 그림으로 말해야 했다. 난, 지금의 나에게 말했다.

"그렇다고 해서. 그렇다고 해서 말이지. 남들한테 말하는 것을 좋아했던 너의 마음이 완전히 사라진 것은 아니잖아. 말하지 않았을 뿐이지 너의 마음속에 여전히 친구들과 함께하고픈 마음이 존재하니까."

지금의 나. 내 말을 듣고 고개를 끄덕였다.

"그러니 파도입술 몬스터에게 꼭 말해줘. 친구들과 함께 있을 수 있는 시간이 훨씬 행복한 거라고."

지금의 나. 파도입술 몬스터에게 말했다.

"지금 혼자 있을 수 없다고 절대 속상해하지 마. 나중에 어쩔 수 없이 혼자 있게 되면, 친구들도 너도 함께 있던 시간이 그리울 거야."

"정말 그럴까요?"

"그럼, 그럼. 지금도 봐봐. 네가 말을 멈추니까 모두가 너의 사랑스러운 목소리와 재미있는 이야기를 그리워하고 있어."

"제 목소리를 그리워하고 있다구요?"

"그럼, 그럼. 넌 세상에서 가장 달콤하고 말캉한 목소리를 가졌잖아."

"제 목소리가 정말 달콤하고 말캉해요?"

"넌 사람을 행복하게 하는 목소리를 가지고 있어. 한 번 맛보면 절대 잊을 수 없는 말캉한 젤리 같은 목소리."

갑자기, 파도입술 몬스터의 표정이 밝아졌다. 그러더니, 검게 변한 얼굴에 스르륵 색깔이 피어나기 시작했다.

"다시 예쁜 모습으로 돌아왔구나. 좋아, 쌤이 너한테 가장 잘 어울리는 이름을 붙여줄게."

"저한테 이름을 붙여준다고요?"

"무슨 무슨 몬스터 말고 세상에서 단 하나뿐인 너한테 딱 어울리는 이름. 너의 목소리는 젤리처럼 달콤하고 말캉하니까…….
Jelly Talker 어때?"

"Jelly Talker요? Jelly Talker. Jelly Talker. 우와, 너무 마음에
들어요."

Jelly Talker가 뛸 듯이 기뻐하며 하늘로 날아올랐다.

"당장 친구들한테 이름이 생겼다고 자랑하러 가야겠어요."

"그래, 친구들도 분명 좋아할 거야."

말을 마친 Jelly Talker가 하늘로 휘리릭, 날아올랐고. 까만 점이
되어 스크린 밖으로 사라져 버렸다.

154

넌 사람을 행복하게 하는 목소리를 가지고 있어.

한 번 맛보면 절대 잊을 수 없는

말캉한 젤리 같은 목소리.

Wonderland, 64x64cm, acrylic on wood, 2023

156

"이번엔 얼음 성에 사는 공주 얘기를 해줄게. 공주의 이름은 엘사라고 하는데, 엘사에겐 귀여운 동생 한 명이 있었어…."

Jelly Talker가 또다시 새로운 이야기를 시작했다. 밤이 되어 소녀의 몸 밖으로 나와 보니 Jelly Talker는 이미 이야기를 하고 있었는데, 그 이후로 내가 들은 것만도 벌써 여덟 번째였다. 엄마의 등에 업힌 아이처럼 Lucky Bear의 등에 딱 달라붙어 있었지만, Lucky Bear도 Jelly Talker도 싫은 기색은 없었다. 아니 이야기를 듣는 소녀와 Lucky Bear도, 이야기를 하는 Jelly Talker도 만면에 웃음이 가득했다. 얼굴과 몸에 꿀을 뒤집어쓴 것처럼 아름답고 달콤한 무언가가 흘러내렸다.

"Jelly Talker. 밤이 됐으니 이제 헤어질 시간이야. 우리도 집으로 가야 하고, 너도 마음주머니로 돌아가야지."

소녀의 말에 Jelly Talker가 방긋 웃으며 대답했다.

"알았어. 그 대신 내일 아침 해가 뜨면 곧바로 다시 올게."

말을 마친 Jelly Talker가 휘리릭 하늘로 날아올랐다.

"안녕! 내일 다시 올게."

"그래 내일 봐."

하늘을 날며 작별 인사를 하는 Jelly Talker의 젤리처럼 달콤하고 말캉한 목소리가 긴 여운을 남기며 원더랜드에 울려 퍼졌다.

하늘을 날며 작별 인사를 하는 Jelly Talker의

젤리처럼 달콤하고 말캉한 목소리가

긴 여운을 남기며 원더랜드에 울려 퍼졌다.

Wonderland, 100x100cm, acrylic on wood, 2022

오늘 하루도 고단했나 보다.

소녀와 Lucky Bear는 집으로 돌아오자마자 곧바로 잠이 들어 버렸다. 잠들어 있는 모습을 물끄러미 바라보며, 꿈결처럼 흘러온 시간을 하나하나 되새겨보았다.

처음엔 믿지 않았다. 일생일대의 중요한 전시를 위해 준비했던 내 그림이 모두 사라지고 그림 속에 있어야 할 소녀가 내 앞에 떡하니 서 있을 때까지만 해도. 그냥 꿈이겠거니 생각했다. 하지만 소녀의 영롱한 눈을 통해 4차원 세계에 존재하는 원더랜드에 진짜로 들어와 버렸고, 실제로 존재하는 원더랜드를 직접 보며 도무지 믿을 수 없는 상황이 되고 말았다. 꿈같은 일이 현실이 돼버렸다. 그러면서 확실히 알게 되었다.

'사랑과 행복 그리고 호기심이 가득한 동심의 세계, 원더랜드.'

전시 때마다 반복해 말했던 원더랜드의 세계관이 실제의 세계로 구현된 것이니, 문제가 생긴 이유도 뻔했다. 원더랜드의 근간인 '지금의 나'와 '그때의 나' 사이에 균열이 생긴 것이다. 원더랜드를 그리는 지금의 내가 그때의 나와 완벽하게 일치하지 않으니, 균열이 생길 수밖에 없었던 것이다.

원더랜드라는 공간과 그곳에서 살아가는 친구들 또한 그때 나일 것이 분명했다. 그러니 내가 원더랜드를 정상으로 만드는 일은 '지금의 나'와 '그때의 나' 사이의 간극을 메우는 일이고, 잊고 있었던 내 동심을 복원하는 일이다.

'그때, 내가 진짜 꿈꿨던 건 무엇일까?'

생각하고, 또 생각하는 사이 원더랜드의 밤은 점점 깊어가고 있었다.

'그때 내가 진짜 꿈꿨던 건 무엇일까?'

생각하고, 또 생각하는 사이

원더랜드의 밤은 점점 깊어가고 있었다.

Wonderland, 150x116cm, acrylic on wood, 2022

"파티를 열자고요?"

"응, 모두를 초대해서 신나는 파티를 열어보자."

"아직 까맣게 변해버린 친구들이 남아있는걸요. 많이 나아지긴 했지만, 원더랜드가 완전히 예전의 모습으로 돌아온 것도 아니구요."

다음 날 아침, 파티를 열자는 말에 소녀가 걱정스러운 표정을 지었다.

"그래서 더 파티를 열자는 거야. 달콤하고 맛있는 음식을 먹으면서 파티를 하면 기분이 좋아질 수 있으니까."

난 가방에 가득 들어 있는 마카롱, 바닐라라떼, 오트밀쿠키를 열어 보이며 말했다.

"그, 그런가요."

어젯밤, 고민 끝에 내린 결론은 모든 친구를 초대해 파티를 여는 것이었다. 모두가 깜짝 놀랄 파티.

Shooting Star가 그랬고, Jelly Talker가 그랬던 것처럼. 원더랜드에 사는 친구들은 모두 내 동심(童心)의 편린(片鱗)들일 것이기에. 맛있는 음식을 먹으면서 즐겁게 파티를 하다 보면, 내 동심의 어떤 부분을 잊고 있는지 알아낼 수 있을 거라 생각했기 때문이었다.

"그럼, 제가 친구들을 초대할게요."

여전히 소녀는 께름칙한 얼굴이었지만, 옆에 있던 Lucky Bear가 손을 번쩍 들며 말했다.

"그래 줄 수 있어?"

끄덕. Lucky Bear는 대답 대신 고개를 끄덕이며 활짝 문을 열었다. 그러자 어디선가 휘리릭, 날아온 Jelly Talker가 Lucky Bear의 등 뒤에 찰싹 매달리며 말했다.

"다들 안녕하세요. 오늘은 모두 깜짝 놀랄 거예요. 정말 재밌는 얘기를 준비했거든요."

"안녕 Jelly Talker. 그보다 먼저 부탁이 있는데 혹시 들어줄 수 있어?"

Lucky Bear가 잔뜩 흥분해 이야기를 늘어놓으려는 Jelly Talker를 진정시키며 말했다.

"네네, 말씀하세요."

Jelly Talker가 흥분을 가라앉히자, Lucky Bear가 내게 귓속말을 했다.

"쌤, 이제 말씀하셔도 돼요."

"그래, 고마워."

토닥토닥. Lucky Bear를 칭찬하며 말을 시작했다.

"원더랜드에 사는 친구들 모두를 초대해서 신나는 파티를 열 생각이거든. 까맣게 변한 친구들도, 원래의 모습으로 되돌아온 친구들도 모두 다 같이. 혹시 마음주머니에 같이 사는 친구들에게 파티에 참석해달라고 얘기해줄 수 있어?"

"그럼요, 그럼요. 모두 좋아할 거예요."

파티를 연다는 말에 Jelly Talker가 목소리를 높였다. 하지만, 소녀는 여전히 걱정스러운 표정이었다.

"오늘 아침에도 일어나자마자 살펴봤는데, 다른 몬스터 친구들은 여전히 검게 변한 모습으로 아무 일도 하지 않고 있던걸요."

소녀의 이야기를 들은 Jelly Talker가 고개를 가로로 흔들었다.

"그렇긴 하지만요. 어젯밤에 제가 확인한걸요. 다시 원래의 색도 되찾고, 머리에서 아이스크림처럼 행복의 기운이 흘러나오는 저를 보며 속으로 부러워하고 있다는 걸요. 확실해요. 마음주머니에 함께 있으면 서로의 마음이 느껴지거든요."

이제야, 소녀의 표정이 조금 밝아졌다. 원더랜드의 안내자라고 나름 원더랜드를 걱정하고 있던 모양이었다. 난 소녀의 머리를 쓰다듬으며 귓속말을 했다.

"걱정 마. 다 잘될 거야."

"아, 참! Jelly Talker라고 제 이름을 말해줬더니, 정말, 정말 부러

워하는 눈치였어요. 혹시 쌤이 친구들 이름도 만들어 줄 수 있어요?"

"그럼, 얼마든지."

"와우, 다들 정말 좋아할 거예요. 지금 당장 불러올게요."

Jelly Talker는 말을 마치기가 무섭게 휘리릭, 날아 상상무지개 너머로 사라져 버렸다.

마음주머니에 함께 있으면

서로의 마음이 느껴지거든요.

Wonderland, 150x116cm, acrylic on wood, 2023

소녀의 집 앞, 널따란 언덕 위에 모두 모인 몬스터들을 보니 왠지 마음이 싱숭생숭했다.

지금도 열심히 이름 모를 꽃들에게 물을 주고 있는 Shooting Star 와 음식을 차리는 소녀 옆에 딱 달라붙어 재밌는 얘기를 들려주는 Jelly Talker. 이들은 모두 어린 시절의 나였다.

외눈박이 몬스터 Shooting Star는 귀신이나 좀비, 우주 괴물처럼 유독 독특하게 생긴 걸 좋아하던 나의 유니크한 취향의 발현이었고, 입술이 파도처럼 꼬불꼬불한 몬스터 Jelly Talker는 친구들 앞에 나서서 얘기하는 걸 좋아했던 나의 쾌활한 성격이었다. 그러니까, 모두가 내 동심(童心)의 편린(片鱗)들이었다.

머리에 우스꽝스러운 나뭇잎을 붙인 채 Lucky Bear의 손을 잡고 있는 광대 몬스터. 졸린 눈을 비비며 광대 몬스터 뒤에 서서 하품 하는 몬스터. 이들은 내 동심의 어떤 모습이 투영된 것인지. 또 이들 은 무엇 때문에 이렇게 검게 변해버렸는지.

생각하며, 어린 시절을 떠올려 보았다.

참, 하고 싶은 것도 많았고 되고 싶은 것도 많았다. 꿈도 많았고 호기심도 많았다. 예쁜 옷을 입고 친구들 앞에서 말하고 춤추고 노래하는 것을 좋아했다. 여름에는 물놀이하며 수영하는 걸 좋아했고, 겨울에는 눈사람을 만들며 스키 타는 걸 좋아했다. 그림을 그리는 것도 좋아했지만, 악기 연주하는 것도 좋아했다. 공주가 되고 싶었고, 발레리나도 되고 싶었다. 플루트 연주자도 되고 싶었다. 하지만 난 그림을 그리는 화가가 되었다. 원더랜드를 그리는 화가가 할 수 있는 건 별로 없었다. 오직 그리는 것뿐. 첫 개인전을 열면서 지금까지 내가 할 수 있는 일이라곤 오직 그리고 또 그리는 것뿐이었다.

하지만, 하지만, 하지만.
할 수 없었을 뿐이지 사라진 건 아니었다. 하고 싶은 것도 되고 싶은 것도. 꿈도 호기심도.
불현듯 Jelly Talker를 찾으러 소녀의 몸속으로 들어가서, 원더랜드를 그리는 지금의 나에게 했던 말이 떠올랐다.
"그렇다고 해서. 그렇다고 해서 말이지. 네가 좋아했던 것이 완전히 사라진 것은 아니잖아. 너의 마음속에 여전히 동심이 존재하니까."
사라진 건 아니었다. 하고 싶은 것도 되고 싶은 것도. 꿈도 호기심도.
난 그림쟁이니까. 그저 그림으로 말할 뿐이었다. 그게 바로 원더랜드였다.

178

사라진 건 아니었다.

하고 싶은 것도 되고 싶은 것도. 꿈도 호기심도.

난 그림쟁이니까. 그저 그림으로 말할 뿐이었다.

그게 바로 원더랜드였다.

Wonderland_모두 모여라, 112.1x145.5cm, acrylic on wood, 2021

180

"편하게 말해도 돼. 쌤은 원더랜드를 창조한 분이시니까."

소녀가 원더랜드의 관리자답게 Lucky Bear의 품에 안겨 있는 광대 몬스터를 안심시켰다.

"그럼, 그럼. 난 너희들의 이야기를 들어줄 뿐이지만, 쌤은 너희들의 고민을 해결해 줄 수 있거든."

Lucky Bear가 광대 몬스터의 손을 꼭 잡은 채 소녀를 거들었다.

"맞아~~ 맞아~~ 내가 얘기했잖아~~ 쌤이 나한테 멋진 이름을 붙여 주셨다고~~"

꽃에 물 주는 일을 끝마쳤는지, 어느새 하늘로 날아올라 상상무지개를 뿌리던 Shooting Star가 지상을 향해 소리쳤다. 하지만 광대 몬스터는 여전히 머뭇거리며 쉽게 입을 열지 못했다.

"당장 얘기하지 않아도 돼. 말하고 싶을 때 말하면 되니까. 달콤한 마카롱이랑 바닐라라떼를 먹으면서 생각해봐도 좋고. 자, 그러면 우리는 광대 몬스터가 편히 생각할 수 있게 잠시 자리를 비켜줄까."

난 소녀와 함께 꽃길을 산책하며 이야기를 나누었다. 이름 모를 꽃들이지만, Shooting Star가 열심히 물을 준 탓인지 유난히 아름답게 빛났다.

"광대 몬스터는 어떤 일을 하는 아이야?"

"다른 사람을 즐겁게 해줘요. 힘든 일이 있어도 광대 몬스터를 보면 웃음을 터뜨리고 말거든요."

"아, 그래? 대단한걸. 어떻게 즐겁게 해주는데?"

"머리에 나뭇잎을 붙이고 거꾸로 매달리기도 하고, 얼굴을 우스꽝스럽게 만들면서 텀블링을 넘기도 해요. 신나는 노래를 부르면서 춤을 추기도 하고요."

"…히야, 참 재주가 많은 친구구나."

"네, 그래서 모두가 광대 몬스터를 좋아해요. 원더랜드 최고의 인기 스타인걸요."

"그런데, 무슨 일이 있어서 저렇게 아무 일도 안 하고 검게 변해 있는 걸까?"

"글쎄요. 우리 모두 광대 몬스터의 공연이 끝나면 꼭 박수를 쳐줬는데."

"음…. 알겠어. 내가 한번 이야기를 해볼게."

원더랜드를 좀 더 살펴보겠다는 소녀를 남겨둔 채 다시 광대 몬스터에게 돌아왔다. 여전히 Lucky Bear가 광대 몬스터의 손을 꼭 잡아주고 있었지만, 검게 변한 모습은 그대로였다.

"흠흠, 광대 몬스터야 잠깐 내 얘기 좀 들어볼래?"

광대 몬스터가 나를 향해 몸을 돌렸다. 하지만 여전히 기운 없이 축

처진 모습이었고, 입도 굳게 닫힌 채였다. 난 광대 몬스터에게 가까이 다가가 귓속말을 했다.

"이건, 비밀인데 말야. 쌤이 원래 춤추고 노래하는 걸 엄청 좋아하거든. 그래서 친구들 앞에서 공연한 적도 많았어. 친구들도 너무 잘한다고 박수를 치면서 칭찬해 줬지. 그때 기분은 정말 최고였어."

광대 몬스터가 귀를 쫑긋 세우며 관심을 드러냈다. 아무래도 자기랑 비슷한 처지라고 생각한 모양이었다.

"그런데 말야. 밤이 되니까 아무도 나한테 관심을 두지 않는 거야. 그래서 난 너무 속상했어. 내 신세가 가지고 놀다가 실증 나면 구석에 처박아 놓는 장난감처럼 느껴졌거든."

갑자기, 광대 몬스터가 눈을 크게 뜨며 굳게 닫힌 입을 열었다.

"저, 저도, 그래요."

"그래? 넌 어땠는데? 네 이야기를 들려줄래?"

"저도 쌤처럼 친구들한테 기쁨을 줬지만, 친구들은 제게 기쁨을 주지 않았거든요. 밤이 되면 저 혼자 쓸쓸하게 마음주머니로 돌아가야 하는 제 신세도 너무 처량하구요."

예상했던 대로였다. 광대 몬스터는 춤추고 노래하며 친구들을 즐겁게 해주고. 그래서 친구들의 인기를 독차지했던 유년의 내 모습이었다.

하지만 쉬운 일이 아니었다.

광대 몬스터의 슬픔을 치유하는 일. 친구든 누구든. 다른 사람을 즐겁게 해주는 행위는 결코 대가를 바라고 하는 일이 아니라는 점. 그 자체를 순수하게 즐겨야 한다는 점. 스포트라이트가 꺼진 무대 뒤 스타는 늘 외로운 법이라는 점. 그걸 알기엔 광대 몬스터는 너무 어렸다. 그때의 나 또한 이해하지 못했으니까.

기쁨이건 사랑이건. 또 다른 어떤 감정이건. 타인에게 무언가를 준다는 행위는 대가를 바랄 때 빛이 바래고 만다. 대가를 바라면 거래가 되기 때문이다. 거래는 비즈니스이고, 비즈니스가 늘 행복할 수 없다는 건 당연한 이치다.

나중에 어른이 되면 자연스럽게 알게 되겠지만. 미리 알 필요는 없다. 언젠가 한 번은 자연스럽게 겪게 될 성장통 같은 것이니까. 이럴 때 필요한 건 눈높이 교육이었다.

"쌤 생각엔 슬퍼할 일이 아닌 것 같은데. 조금만 달리 생각해 봐. 친구들이 너한테 기쁨을 주진 않지만, 대신 다른 걸 해주잖아. 원래 그런 거거든. 모두가 생김새가 다르듯이, 각자 하는 일도 다 다르잖아. Shooting Star가 상상무지개를 만들고, Jelly Talker가 재밌는 이야기를 만드는 것처럼. 그저 특별한 대가를 바라는 게 아니라 각자 자신에게 주어진 일을 하면서 살아갈 뿐이잖아. 그러니 네가 친구들에게 기쁨을 줬는데, 다른 친구들이 너에게 똑같이 기쁨을 주지 않았다고 실망할 필요는 전혀 없는 거야."

이제야 이해했다는 듯, 광대 몬스터가 고개를 끄덕였다.

"그리고 말야. 생각을 조금만 더 바꾸면 충분히 행복할 수 있을 거 같은데."

"어떻게요?"

"밤에 마음주머니에서 서로의 마음을 나누잖아. 기쁜 마음이건, 슬픈 마음이건, 속상한 마음이건 말야. 세상에 마음을 나누는 것만큼 행복한 일도 없거든."

광대 몬스터의 표정이 점점 밝아지기 시작했다. 금세 검었던 모습이 원래의 색처럼 알록달록 아름다운 컬러로 변하더니, 정수리에서 마시멜로처럼 말캉하고 아이스크림처럼 부드러운 행복의 기운이 흘러내렸다.

"좋아, 좋아. 다시 예쁜 예전의 모습으로 돌아왔구나. 쌤이 축하 선물을 줄게. 언제나 친구들을 즐겁게 해주는 광대 몬스터야. 너한테 딱 어울리는 단 하나밖에 없는 이름을 붙여줄게. 지금부터 네 이름은 Funny Blossom이야. 세상에서 가장 재미있고 개성 넘치는 꽃!"

"언제나 친구들을 즐겁게 해주는 광대 몬스터야.

너한테 딱 어울리는 세상에 단 하나밖에 없는 이름을

붙여줄게. 지금부터 네 이름은 Funny Blossom이야.

세상에서 가장 재미있고 개성 넘치는 꽃!"

Wonderland, 64x64cm, acrylic on wood, 2023

두리번두리번-

모두가 호기심 가득한 표정으로 서로의 얼굴을 바라보고 있었다. 해가 뉘엿뉘엿 지고 있는 소녀의 집 앞 언덕. 지금은 오후 5시였다. 파티는 정각 6시에 시작한다고 미리 일러두었지만, 원더랜드 친구들은 벌써 한자리에 모여 수군거리는 중이었다.

난생 처음 경험해보는 파티가 어떤 기분일지!

꽤나 설레는 모양이었지만. 다른 한편으론 걱정하는 기색도 역력했다. 원더랜드에 어둠이 내리면 어김없이 집으로 돌아가 상상에너지를 보충해야 하기 때문이었다.

"파티 시작까지 아직 한 시간이나 남았는데, 모두 모였네."

난 호기심 반 걱정 반 눈빛을 반짝이는 원더랜드 친구들과 차례차례로 시선을 맞추며 말했다.

"파티는 처음이라 엄청 서둘러 일했거든요. 보세요. 벌써 달과 별도 출근 준비를 맞췄잖아요."

아직 해가 지려면 시간이 좀 남았지만. Shooting Star의 말처럼, 출근 준비를 마친 별과 달이 호호 몸에 입김을 불어 넣으며 영롱한 컬러에 반짝이는 빛을 더하고 있었다.

"그래, Shooting Star. 오늘 하루도 정말 수고가 많았어."

내 칭찬에 기분이 좋아졌는지, Shooting Star는 빙그르르 돌며 하늘로 치솟아 올랐다. 아마도 기분이 좋아지면 하늘로 날아오르는 모양이었다. 그다음에 눈이 마주친 건, 방금 전 원래의 오색찬란한 컬러를 되찾은 Funny Blossom이었다. 걱정스러운 표정을 짓는 건 Funny Blossom도 마찬가지였다.

"그치만 걱정이 되는걸요. 원더랜드에 밤이 내리면 마음주머니로 돌아가야 하잖아요. 밤새 잠을 자면서 상상에너지를 보충해야 하니까요."

"Funny Blossom, 너무 걱정하지 않아도 돼. 오늘은 밤에 마음주머니에서 상상에너지를 보충하는 대신 쌤이 상상에너지를 듬뿍 선물해 줄 거니까."

"정말이요? 그럼 밤새도록 친구들한테 재미있는 이야기를 들려줘도 돼요?"

옆에 있던 Jelly Talker가 파도입술을 오물거리며 말했다.

"그럼, 그럼. 오늘은 신나는 파티가 있는 날이잖아."

야호-

약속이라도 한 듯, 모두의 입에서 환호성이 터져 나왔다. 하지만, 소녀만은 걱정스러운 눈빛 그대로였다.

"아직, 하품 몬스터의 색이 검게 변해 있는걸요."

여전히 졸린 눈을 껌벅이며 하품을 하는 몬스터를 보며 소녀가 말했다. 소녀의 말처럼 Lucky Bear의 손을 꼭 잡은 하품 몬스터는 여전히 검게 변한 모습 그대로였다.

'…제법이란 말이야.'

대견했다. 자신도 고작 13살이면서. 친구들 한 명, 한 명을 걱정하는 소녀의 마음이 참으로 대견하고 기특했다. 난 그런 소녀가 너무 사랑스러워 아무도 몰래 소녀의 볼에 입을 맞추고 귓속말을 전했다.

"걱정하지 않아도 돼. 조금 아까, 네가 하품 몬스터가 하는 일에 대해 미리 얘기해 준 덕분에, 쌤이 다 생각해 둔 것이 있거든."

두리번두리번-

모두가 호기심 가득한 표정으로

서로의 얼굴을 바라보고 있었다.

해가 뉘엿뉘엿 지고 있는 소녀의 집 앞 언덕.

지금은 오후 5시였다. 파티는 정각 6시에 시작한다고

미리 일러두었지만, 원더랜드 친구들은 벌써

한자리에 모여 수군거리는 중이었다.

Wonderland_광대, 77x95cm, acrylic on wood, 2023

"하품 몬스터 말야. 도대체 무슨 일을 하는데 그래?"

"글쎄요. 매일같이 침을 흘리고 하품하면서 꾸벅꾸벅 졸기만 해서 특별히 무슨 일을 하는지는 잘 모르겠어요. 그런데 있잖아요. 몬스터 친구들은 피곤할 때마다 하품 몬스터를 찾아가요. 하품 몬스터가 침을 흘리면서 꾸벅꾸벅 조는 모습을 보면 자신도 모르는 사이에 금방 잠이 들고 말거든요."

조금 전 소녀와 이야기를 나누었을 때. 난 유달리 하품 몬스터가 걱정되었다.

"아하, 알겠다. 하품 몬스터는 하는 일. 친구들이 자신의 모습을 보면서 잠을 잘 수 있게 하는 거구나. 잠을 자야 기분도 좋아지고 상상력도 보충할 수 있으니까. 네가 Lucky Bear를 안고 상상 에너지를 보충하는 것처럼 말야. 그러니까 하품 몬스터는 정말 대단한 일을 하는 거야."

물론, 소녀에게 이렇게 말을 했지만 말이다.

왜냐고? 하품 몬스터는 지금의 내 모습이었으니까. 다른 사람들이 내가 그린 원더랜드를 보면서 동심을 떠올리고, 좋은 상상을 하고, 좋은 꿈을 꾸길 바라지만. 정작 나 자신은 잠을 잘 시간이 부족해 늘 힘들어했으니까.

"에구구, 딱하기도 해라. 지금도 저렇게 졸고 있는 걸 보니. 친구들이 자신을 보면서 잠을 자게 하느라 정작 하품 몬스터는 제대로 잠을 자지 못했을 거야."

"정말, 그런 걸까요?"

"응, 그럴 거야. 하지만, 걱정 마. 쌤한테 다 생각이 있으니까."

그제야 소녀가 마음이 놓인다는 듯, 크고 빛나는 눈을 동그랗게 말아 올렸다. 저 멀리 노을이 내리고 있어서 그런지, 알록달록 크고 반짝반짝 빛나는 소녀의 두 눈이 더 크고 영롱하게 빛났다. 난 하품 몬스터의 손을 꼭 잡은 채, 가방에서 달달이 3종 세트를 꺼내며 말했다.

"하품 몬스터야. 다른 사람들이 잠잘 수 있게 하느라 너무 피곤하고 힘들지. 원래 다른 사람을 꿈꾸게 하는 일은 많이 힘들고 고달픈 일이야. 하지만 어떡하겠어. 너에게 주어진 일이 그런걸. 힘들지만 자신이 하는 일에 자부심을 가지고 조금만 더 힘을 내렴. 친구들한테 잠을 자면서 에너지와 상상력을 보충해주는 일은 너무 훌륭한 일이야. 대신 쌤이 가장 아끼는 마카롱, 바닐라라떼, 오트밀쿠키를 선물로 줄게. 쌤도 힘이 들 때마다 이걸 먹으면서 힘을 내거든."

내 말을 듣고 감동해서인지, 아니면 그저 하품해서인지는 모르겠지만. 하품 몬스터의 눈에 동그란 눈물 한 방울이 맺혔다.

그러면서 조금씩. 그의 몸 색깔도 원래의 아름다운 색을 되찾고 있었다.

"이 노래도 한번 들어볼래. 쌤이 힘들 때마다 듣는 음악이야."

난 가방에서 헤드폰을 꺼내 하품 몬스터의 머리에 씌어주었다. 〈Daft punk〉의 'Get Lucky'가 하품 몬스터의 취향에 맞을지 약간 걱정이 되었지만, 기우에 불과했다. 금세 하품 몬스터의 정수리에서 말캉하고 부드러운 행복의 기운이 흘러내리고 있었으니까.

행복의 기운이 흘러내리는 하품 몬스터를 보니, 나 역시 덩달아 기분이 좋아졌다.

"오늘 밤은 내가 너를 꼭 안아줄게. 오늘 하루만큼은 내 품에 안겨서 좋은 꿈을 꾸며 잠들어봐. 한잠 푹 자고 일어나면 친구들이 네 이름을 불러줄 거야. 하품 몬스터 말고, 모두가 행복한 꿈을 꾸게 만드는 Happy Dreamer라고 말야."

198

"오늘 밤은 내가 너를 꼭 안아줄게. 오늘 하루만큼은

내 품에 안겨서 좋은 꿈을 꾸며 잠들어봐.

한잠 푹 자고 일어나면 친구들이 네 이름을 불러줄 거야.

하품 몬스터 말고, 모두가 행복한 꿈을 꾸게 만드는

Happy Dreamer라고 말야."

Wonderland, 99x99cm, acrylic on wood, 2022

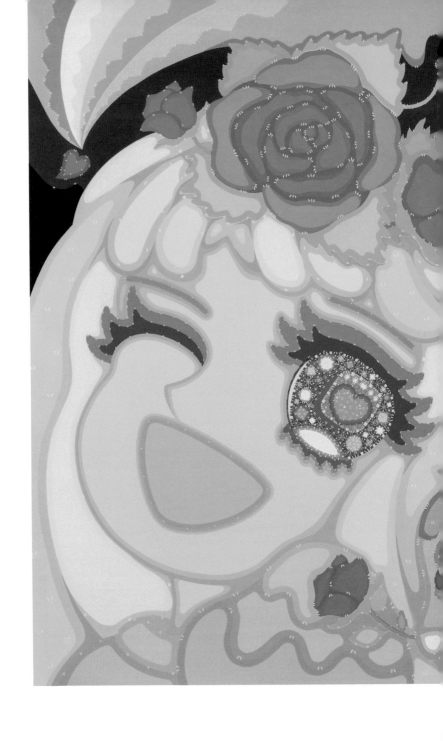

Wonderland, 116x150cm, acrylic on wood, 2024

The Happy, Happy, Happy Wonderland

∎∎∎∎∎

5. 달콤하고 말캉하게 녹아내리는 행복의 나라 원더랜드

"그러니까 말이에요. 으음….."

소녀가 갑자기 말꼬리를 흐렸다.

"그러니까 제 말은 원더랜드도 이제 정상으로 돌아왔으니, 쌤도 빨리 집으로 돌아가시지 않겠냐는 말이에요."

목소리가 가늘게 떨리고 눈가도 촉촉하게 젖은 걸 보니, 내가 집으로 돌아가야 하는 상황이 꽤나 서운한 모양이었다. 난 고개를 가로로 흔들며 소녀의 손을 꼭 잡아주었다.

"아니, 아직은 아니니까 걱정하지 마. 지금부터 파티를 시작해야 하잖아. 오늘 밤 너희들한테 평생 잊지 못할 최고의 순간을 경험하게 해줄게."

원더랜드를 모두 정상으로 되돌리고 난 뒤. 영화의 엔딩 장면처럼 노을이 내리는 언덕 위에 서서 소녀와 이야기를 나누고 있었다. 숨죽여 소녀와 나의 대화를 엿듣던 몬스터 친구들은 내 말이 끝나자 앞다투어 환호성을 질렀다.

"이야, 쌤이 최고의 순간을 경험하게 해주신대."

"그러게 말야. 오늘 밤 어떤 일이 벌어질지 정말 기대가 돼."

"난 파티가 처음이라 너무 설레는걸."

하지만 소녀만은 예외였다. 여전히 의아한 듯 고개를 갸웃거렸다.

"그렇지만, 이곳에서 밤이 되면 모두 집으로 돌아가야 하는걸요.

그래야 밤새 상상에너지도 보충하고, 상상력도 키울 수 있잖아요."

"놉, 놉."

난 단호하게 고개를 가로저었다.

"오늘 밤 쌤과 함께하면 상상력도, 에너지도 열 배는 더 커질걸."

"…히야, 정말이요?"

"그럼, 그럼. 기대해도 좋아!!"

어느새 원더랜드에 완전한 밤이 내렸고, 난 친구들과 함께 밤이 내린 원더랜드를 걷기 시작했다. 수백 가지 컬러의 물감을 풀어 놓은 듯. 온통 다채롭고 영롱하게 빛나는 낮 동안의 원더랜드. 밤이 내린 원더랜드는 또 다른 모습이었다. 훨씬 더 환상적이고, 훨씬 더 농밀한 환상의 세계가 우리를 기다리고 있었다.

밤은 어둠이 아니라 원더랜드를 더 환상적으로 만드는 짙은 컬러의 조명이었고, 원더랜드에서 살아가는 친구들을 더 돋보이게 만드는 분위기 있는 배경이었다. 스포트라이트를 받으며 무대 위에선 슈퍼스타처럼. 밤을 맞은 원더랜드도 더욱더 환상적인 모습으로 빛나고 있었다. 마음껏 상상의 나래를 펼치게 도왔던 상상 무지개도, 오색찬란한 컬러로 반짝이던 별과 달도, 하늘 끝에 맞닿을 듯 솟아오른 고풍스러운 궁전도, 그곳으로 향하고 있는 크고 웅장한 다리도. 모두 스포트라이트를 받은 슈퍼스타처럼 빛나고 있었다.

스포트라이트를 받으며 무대 위에 선 슈퍼스타처럼.

밤을 맞은 원더랜드도 더욱더 환상적인 모습으로 빛나고

있었다. 마음껏 상상의 나래를 펼치게 도왔던

상상무지개도, 오색찬란한 컬러로 반짝이던 별과 달도,

하늘 끝에 맞닿을 듯 솟아오른 고풍스러운 궁전도,

그곳으로 향하고 있는 크고 웅장한 다리도.

모두 스포트라이트를 받은 슈퍼스타처럼 빛나고 있었다.

Wonderland, 95x121cm, acrylic on wood, 2024

친구들도 마찬가지였다. 생김새도 다르고, 각기 하는 일도 다르지만. 모두가 한마음으로 밤이 내린 원더랜드를 마음껏 즐기고 있었다.

드르렁- 푸우-

늘 잠을 자지 못해 피곤했지만. 모처럼 내 품에 안겨 단잠을 자고 있는 Happy Dreamer. 비록 밤이 내린 원더랜드를 직접 보진 못했지만, 문제가 될 건 없었다. 분명 꿈속에서 환상의 원더랜드를 만나고 있을 테니까.

"자자, 모두들 나를 따라오라고. 내가 멋진 텀블링을 하면서 길을 안내해 줄게."

Funny Blossom이 폴짝 폴짝, 재주를 넘으며 앞장서 나갔다. 그랬더니. 낮 동안 볼 수 없었던 신기한 장면이 펼쳐졌다. 알록달록한 아크릴 물감으로 도장을 찍어놓은 것처럼, Funny Blossom이 지나간 자리에 오색찬란한 무지개길이 생긴 것이다.

"이야, 처음 와본 밤길인데도 조금도 무섭지 않아."

"맞아, 무지개 화살표를 따라가니까 너무 신나고 재미있어."

친구들도 그 무지개길을 보며 환호성을 질렀다.

"얘들아, 이것 좀 봐봐! 남색 하늘에 상상무지개를 만드니까 더 환상적이고 아름다운 컬러가 나오는걸."

슈웅, 기분이 좋아진 Shooting Star가 밤하늘에 오색찬란한 상상 무지개를 수놓으며 소리쳤다.

"맞아, 맞아. 처음 보는 환상적인 상상무지개야."

"정말 그러네. 밤에 보는 상상무지개는 정말 아름다워."

축제의 피날레를 장식하는 불꽃놀이처럼. 밤하늘을 수놓는 Shooting Star의 상상무지개 쇼에 몬스터 친구들이 칭찬으로 화답했다.

"자, 이번엔 내 차례야. 다들 기대하라고. 환상적인 밤에 어울리는 재미있는 이야기를 들려줄 테니까."

이번엔 Lucky Bear의 어깨에 올라탄 Jelly Talker가 파도입술을 꼼짝거리며 목소리를 높였다.

"밤에 듣는 이야기는 또 얼마나 재미있을지 정말 기대가 되는걸."

"나도, 나도. 상상무지개를 보면서 Jelly Talker의 이야기를 듣게 될 줄은 몰랐어."

Jelly Talker 이야기에 친구들도 한껏 기대감을 드러냈다.

모두 함께 맞이한 원더랜드의 첫 번째 밤. 파티는 그렇게 시작되고 있었다.

친구들도 마찬가지였다. 생김새도 다르고,

각기 하는 일도 다르지만.

모두가 한마음으로 밤이 내리는

원더랜드를 마음껏 즐기고 있었다.

Wonderland, 95x121cm, acrylic on wood, 2024

마냥 좋아 보였다.

각자에게 주어진 일을 열심히 수행하느라 낮 동안 떨어져 있던 이들이 모두 한자리에 모였다는 사실만으로도. 밤에 마음주머니에 모여 서로의 마음을 나누긴 하지만, 함께 웃고 떠들며 서로의 모습을 보는 건 또 다른 행복이었다. 그래서인지, 모든 친구의 몸에서 아이스크림처럼 달콤하고, 솜사탕처럼 포근하며, 마시멜로처럼 말캉한 행복의 기운이 넘치도록 흘러내리고 있었다.

"하하하." "호호호." "깔깔깔."

모두의 얼굴에 행복이 가득했다. 생김새도 모양도 하는 일도 서로 다르지만….

반짝반짝 빛나는 서로의 모습을 보며. 웃고 즐기며 떠드는 친구들을 보며. 낮보다 더 환상적인 밤이 내린 원더랜드를 보며. 모두가 충만한 행복의 기운을 느끼고 있었다.

그 모습을 보며 난 상념에 빠져들었다. 어쩌면 밤이어서인지도 몰랐다. 원래 밤이 되면 감성이 샘솟기 마련이니까.

나의 동심과 상상력이 직조한 세상, 원더랜드.

완전한 동심은. 완전한 사랑은. 완전한 행복은. 나의 한결같은 꿈이었다. 그 꿈이 창조한 세상이 원더랜드였다.

난 언제나 꿈꿔왔다.

진정한 사랑. 영원히 변치 않는 완전한 사랑.

스스로에게 질문을 던져보았다.

완전하게 사랑하고 완벽하게 행복하다는 것. 과연 존재할 수 있는 것일까?

설레설레 고개를 흔들었다.

완전한 그 무엇. 애초부터 존재할 수 없는 것인지도 몰랐다.

그저. 그저. 그저. 조금 더 사랑하고. 조금 더 행복하고, 조금 더 상상하고. 조금 더 행복하기 위해 노력하는 것. 마치 지금 이 순간이 영원인 것처럼. 완전한 그 무언가를 위해 부단히 노력하는 바로 지금이 가장 완벽하게 행복한 순간인지도 모를 일이었다.

하늘을 찌를 듯 높이 솟아오른 성. 그곳은 분명 완전한 행복이 이뤄지는 곳이었다. 완전한 행복을 경험하지 못한 이는 감히 넘볼 수 없는 곳이었다. 그 앞에 놓인 길고 웅장하며, 환상적인 빛깔을 뽐내는 다리는 완벽한 행복을 경험한 이만이 지날 수 있는, 성으로 가는 유일한 통로였다.

하지만, 하지만.

난 다시 한번 고개를 설레설레 흔들었다.

누구나 가고 싶지만, 아무나 도달할 수 없는 그곳.

어찌 보면, 꼭 그곳에 도달해야 완전한 행복이 이뤄지는 건 아닐지도 몰랐다.

'꿈이라는 것. 이상(理想)이라는 것.'

어쩌면 이루기 위해 노력하며 상상할 수 있다는 것 자체로 행복한 일일지도 몰랐다. 그저 그곳에 도달하기 위해. 오늘도 부단히. 또 최선을 다해서. 일개미처럼 성실하게 노력하고. 아메바처럼 단순하게 생각하며 또 노력하는 것. 그 자체가 완전한 행복일지도 모를 일이었다.

혹시 누가 아는가. 그렇게 조금씩 완전한 행복에 가까워지려 노력하다 보면, 진짜 완전한 행복에 다가서게 될지. 오롯한 영상처럼 마음속에 고이 간직한 완전한 사랑과 함께 완전한 행복이 이뤄지는 그 성에서 영원히 함께 살게 될지. 세상일은 아무도 모르는 것이니까.

Wonderland

혹시 누가 아는가. 그렇게 조금씩 완전한 행복에

가까워지려 노력하다 보면, 진짜 완전한 행복에 다가서게 될지.

오롯한 영상처럼 마음속에 고이 간직한 완전한 사랑과 함께

완전한 행복이 이뤄지는 그 성에서 영원히 함께 살게 될지.

세상일은 아무도 모르는 것이니까.

Wonderland, 95x121cm, acrylic on wood, 2024

Wonderland, 112x194cm, acrylic on wood, 2024

Epilouge

6. 너의 목소리를 들려줄게

찌이잉- 찌이잉-

휴대폰 진동소리에 눈을 떴다. 그런데, 원더랜드가 아니었다. 마지막 작품에 혼신의 힘을 불어넣으며 전시 준비를 하던 내 작업실이었다. 뭐가 뭔지 몰라 어리둥절했지만, 일단 빨리 통화 버튼을 누르라고 아우성치는 휴대폰부터 받았다.

- 곰돌이 조형물 어디에 놓을까요?

휴대폰 너머에서 대뜸 곰돌이란 단어가 튀어나왔다. 전시장에 세워질 대형 Lucky Bear 조형물을 설치하는 기사님이셨다.

'…아하, Lucky Bear.'

기사님의 목소리를 들으니 절로 입가에 미소가 지어졌다. 언제나 말없이 친구들의 손을 잡고. 소소하지만 소중한 이야기를 들어 주는 너무나 듬직한 친구 Lucky Bear. 밤새 소녀를 꼭 안아주며 상상에너지를 보충해주는 너무나 기특하고 사랑스러운 친구 Lucky Bear.

"전시장 입구 제일 잘 보이는 곳에 설치해 주세요."

전화를 끊고 생각해 보니 마음이 조금은 아렸다. 친구들의 고민 얘기를 들어주고 소녀의 상상에너지를 보충해 주지만, 정작 Lucky Bear 자신은 그 누구에게도 고민을 털어놓지 못하고 있었기 때문이었다. 숙제를 끝마치지 못한 초등학생처럼 뒤끝이 영 찜찜했지만.

이내 고개를 가로저었다.

"괜찮아. Lucky Bear. 이곳에선 많은 사람이 너를 보면서 미소를 짓거든."

그리고, 눈을 감고 상상해보았다. 눈을 감고 상상하면 보인다는 소녀의 말을 떠올리면서, Lucky Bear에게 내 마음속 이야기를 전해주었다.

(Lucky Bear야. 친구들을 위해 묵묵히 희생하고 봉사하는 네 모습이 쌤은 너무 듬직하고 자랑스러워. 너는 전기 충전기처럼 늘 다른 친구들의 마음을 채워주기만 하지만, 그렇다고 너무 속상해할 필요는 없어. 쌤이 네 마음을 충분히 알아주고 있으니까. 그리고 이건 비밀인데, 지구에선 벌써부터 많은 사람이 네 모습을 보고 있어. 그 사람들이 너를 보면서 미소 짓는 걸 쌤이 본 적이 있거든. 아마 그 사람들도 너를 좋아하고 사랑할 거야. 내가 Lucky Bear 너를 너무 사랑하는 것처럼 말야.)

224

"괜찮아. Lucky Bear.

이곳에선 많은 사람이 너를 보면서 미소를 짓거든."

Lucky bear, 45x40x63(h)cm, acrylic on poly, 2020

"휴우~"

작업실을 둘러보며 안도의 한숨을 내쉬었다.

모든 게 정상이었다. 이전에 그렸던 작품들도, 투혼을 불사르며 영혼까지 쏟아부었던 가장 커다란 마지막 작품도. 모두 정상으로 돌아와 있었다.

난 정좌를 하고 캔버스 앞에 앉아 마지막 남은 원더랜드 작품을 바라보았다.

파란 하늘을 날아다니며 오색찬란한 상상무지개를 쏘아대는 외눈박이 몬스터, Shooting Star.

하루 종일 조잘거리며 친구들에게 이야기를 들려주느라 잠시도 쉴 틈이 없는 파도입술 몬스터, Jelly Talker.

우스꽝스러운 행동과 모습으로 친구들에게 즐거움을 선사하는 인기 만점 광대 몬스터, Funny Blossom.

바쁘고 힘든 친구들이 잠시 낮잠을 자며 꿈도 꾸고 쉴 수 있도록 도와주는 하품 몬스터, Happy Dreamer.

친구들을 꼭 안아주며 소소한 고민거리를 들어주는 Lucky Bear 까지.

눈에 넣어도 아프지 않을 것 같은, 너무나 사랑스러운 원더랜드의 친구들을 가만히 바라보았다.

'그들은 지금 무얼 하고 있을까.'

생각하니, 왠지 모르게 눈가가 시큰해졌다. 하지만 이내 아랫입술을 꼭 깨물고 마음을 다잡았다.

'지금 이러고 있을 때가 아니지.'

난 두 팔을 걷어붙이고 다시 붓을 손에 쥐었다. 한 땀 그리고 또 한 땀. 혼신의 힘을 다해 나의 영혼을 새겨 넣었다. 밤이 오고, 또 다른 밤이 오고, 또 다른 밤이 오도록. 내 모든 걸 쏟아부었다.

그리고 마침내……

가장 크고 아름다운 마지막 원더랜드가 완성되었다. 밤이 내린 원더랜드였다. 밤이 내린 원더랜드에서 소녀는 더없이 행복해 보였다. 마치, 완전한 행복을 이루기라도 한 것처럼.

소녀가 행복한 얼굴로 내게 윙크를 했다.

별빛처럼 영롱하고, 아침 햇살처럼 찬란한. 꿈결처럼 아득하고. 영원처럼 아련한.

세상에서 가장 사랑스러운 윙크였다.

난 연필을 꺼내 캔버스 뒷면에 글씨를 적어 넣었다. 아무도 알아보지 못할 만큼 작은 글씨였지만. 아직 한 번도 불러주지 않았던 소녀의 진짜 이름이었다.

원더랜드 속 소녀가 내게 윙크를 했다.

별빛처럼 영롱하고, 아침햇살처럼 찬란한.

꿈결처럼 아득하고. 영원처럼 아련한.

세상에서 가장 사랑스러운 윙크였다.

Wonderland, 53X53cm, acrylic on wood, 2024

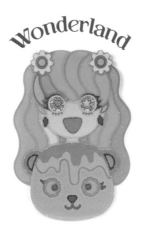

Wonderland

What in the wonderland Happened

초판 발행 2024년 6월 7일 초판 1쇄

지은이   이사라
펴낸이   최영민
펴낸곳   헤르몬하우스
기획   아트본
각색   시민 K
북 디자인   김윤영

주소   경기도 파주시 신촌로 16
전화   031-8071-0088
팩스   031-942-8688
전자우편   hermonh@naver.com
등록일자   2015년 03월 27일
등록번호   제406-2015-31호

ISBN   979-11-92520-69-8 (03810)

• 정가는 뒤표지에 있습니다.
• 헤르몬하우스는 피앤피북의 임프린트입니다.
• 이 책의 어느 부분도 저작권자나 발행인의 승인 없이 무단 복제하여 이용할 수 없습니다.
• 파본 및 낙장은 구입하신 서점에서 교환하여 드립니다.